KB073186

옥순이의
화려한 외출

옥순이의
화려한 외출

ⓒ 박옥순, 2023

초판 1쇄 발행 2023년 12월 5일

지은이   박옥순
펴낸이   이기봉
편집   좋은땅 편집팀
펴낸곳   도서출판 좋은땅
주소   서울특별시 마포구 양화로12길 26 지월드빌딩 (서교동 395-7)
전화   02)374-8616~7
팩스   02)374-8614
이메일   gworldbook@naver.com
홈페이지   www.g-world.co.kr

ISBN   979-11-388-2558-0 (03810)

• 가격은 뒤표지에 있습니다.
• 이 책은 저작권법에 의하여 보호를 받는 저작물이므로 무단 전재와 복제를 금합니다.
• 파본은 구입하신 서점에서 교환해 드립니다.

일흔 넘어 책가방 든 팔순 만학도의 평생학습과 에두른 사랑 이야기

옥순이의
화려한 외출

박옥순 지음

좋은땅

머리글
·········

서럽고 아팠던 내 삶의 작은 현장,
소중한 이들과의 추억을 나누고파

나의 지난날들을 돌아보니, 무엇을 위해서 그렇게 바쁘게 살아왔나 싶다.

혼인하라는 부모님의 명에 따라 스무 살에 결혼을 했다. 부모님 말씀이 지엄한 법인 줄 알았고, 어른의 뜻을 거스르지 않는 것이 효도인 줄 알았다.

넉넉지 못한 살림에 4남매의 어미가 된 나는 일찍이 학령기 때 배우지 못한 것이 한(恨)이 되어, 내 아이들만큼은 공부 뒷바라지를 잘해주고 싶었다. 화장품 판매, 분식집과 찻집운영, 농사일, 회사에 입사하여 청소 요원으로 근무…. 이것저것 안 해본 것 없이 앞만 보고 달려왔다. 어느덧 자녀들이 성인으로 자라 모두 가정을 이뤘다.

내 삶에 시간의 여유가 생겼다. 지난날 배우지 못한 것에 대한 아쉬움이 다시금 고개를 들며 공부에 대한 욕심이 생겼다.

2018년 4월 어느 날, '마중'이란 교육안내 책자를 통해 진천평생학습원에서 중학교 과정을 가르쳐 준다는 소식을 접했다. 내가 살고 있는 관내에서 이렇게 좋은 과정이 열리고 있는 걸 왜 몰랐을까? 나는 책자에 적혀있는 연락처로 바로 전화를 했다. 공부할 수 있냐는 담당자의 말에 가슴이 뛰었다.

다음 날 직접 가서 보니, 나처럼 공부에 목마른 친구들이 공부

옥순이의 화려한 외출

를 하고 있었다. 다음 시간부터 나도 함께 공부를 했다. 다음 해인 2019년 10월 25일 진천평생학습원에서 '내 생의 봄날은 간다. 이제부터다'라는 기치를 걸고 열린 '제4회 실버 짱 문해 골든벨'에서 생각지도 못한 장원을 했다. 어사화를 쓰고 가운을 입고 멋진 사진을 찍었다. 내 생에 이런 날이 오다니, 꿈만 같았다.

국어 시간을 통해 잘 쓸 줄도 모르는 수필도 써보고, 일기도 쓰게 되었다. 우리말, 우리글로 그날그날 있었던 일과를 한 자 한 자 쓰면서, 참 행복했다.

2023년 새해가 되었다. 김금주 선생님이 내게 글쓰기를 본격적으로 시작해보라며, 이번 '이야기밥상' 과정을 추천해 주었다. 1번으로 등록하고 첫 수업을 기다렸다.

어찌 보면 겁 없이 글쓰기에 뛰어든 것도 같다. 나는 끝까지 포기하지 않기를 기도하며 이어갔다. 가난하고 아팠던 젊은 날의 기억들과 마주한다는 게 그리 쉬운 일만은 아니었다. 그러나 글쓰기를 인도해주시는 작가님의 전폭적인 격려와 글쓰기 교실 문우들의 공감이 큰 힘이 되었다.

무엇보다 자녀들의 적극적인 지지와 도움이 없었다면, 여기까지 오지 못했을 것이다. 직장에 다니는 작은딸 현숙과 큰딸 현주 그리고 작은며느리 경선이는 그 바쁜 중에도 손으로 쓴 내 원고를 일일이 컴퓨터로 옮겨 주었다. 나이도 많고 눈도 어두워가는, 팔순을 눈앞에 둔 어미가 책 쓰기에 나서는 바람에, 자식들에게 사랑의 빚을 몽땅 지게 됐다.

이 글은 자랑할 것 하나 없는 내 인생의 작은 흔적이다. 어린 시절부터 지금까지의 시간을 기억나는 대로 주워 담았을 뿐, 글쓰기 형식이나 기술을 발휘하는 것과는 거리가 멀다. 더구나 내게는 이렇다 하게 내밀 이름도, 내세울 만한 사회적 간판도 없다. 허나 나에게는 항상 곁을 지켜준 소중한 가족들이 있다. 그리고 녹록지 않은 인생길 걸어오는 동안 우정을 나눠온 고운 벗들이 있음을 든든하게 생각한다.

오늘의 나를 지탱해준 이 소중한 사람들과의 추억, 목에 걸린 듯 서럽고 아팠던 내 삶의 작은 현장을 기억이 더 희미해지기 전에 남기고 싶었는지도 모르겠다. 특별히 남편과 자녀들, 손자·손녀들에게 사랑한다는 말을 꼭 전하고 싶다.

지금 마음이 몹시 힘들거나 절망의 외나무다리를 걷고 있는 누군가가 있다면, 내가 걸어온 자취 어느 대목에서 작으나마 그가 힘을 얻게 되면 좋겠다.

아니, 더 솔직한 마음은, 내 인생에 여러 개의 태풍이 지나간 후에야 비로소 알게 된 하나님의 크신 품과 평안의 베개를 그에게도 내어주고 싶은 마음이다. 그분의 크신 팔에 안기어 위로와 평안을 얻기를 소원한다.

2023년 9월 광혜원에서

박옥순

옥순이의 화려한 외출

숱한 고난과 아픔에 '예'로 반응하며
전사(戰士)처럼 살아온 이야기

45년생 해방둥이로 여든 살이 코앞인 그녀. 시대적으론 6. 25 전쟁과 새마을운동, 민주화 과정 등 격동의 세월을 겪었고, 한 여인으로선 네 자녀를 낳아 길렀고 어려운 살림을 꾸리며 여기까지 왔으니, 파란만장한 생애라 할 수 있겠다.

가지 않은 길은 늘 미련이 남게 마련이다. 못다 한 배움에 대한 미련을 떨치고자, 저자는 일흔이 넘어 공부를 시작했다. '고졸검정고시 충북 최고령 합격.' 오래잖아 그녀에게 따라붙는 수식어가 됐다.

'KBS 추석특집 전국 만학도 100인 골든벨'에 나와선 실력을 뽐내기도 했다. '영구'가 생각나지 않아 몰래 커닝하여 '맹구'라고 썼다가 떨어진 일화는 결코 웃어넘길 수만은 없는, 가슴에 똬리를 틀고 있는 속이야기도 있다.

수업에서 그녀는 언제나 모범생이었다. 아무리 어려운 과제를 내도 언제나 "잘하지는 못 하지만 한번 해보지요." 했다. 그녀의 외모와 행동은 늠연했으며, 배움은 겸허했다. 글씨체도 큼지막하고 시원시원했다. 훤칠한 키의 그녀가 쓴 베레모는 매우 근사했다.

호사다마(好事多魔)인 걸까. 그런 저자에게 고비가 다가왔다. 누구도 예상치 못한 질병이 찾아온 것이다. 중학교 입학 때부터 꿈꿔

왔던 대학 진학이 무산되고 말았다. 곁에서 지켜보는 지인들이 더 아쉬워했다.

뜻하지 않게 배움을 멈춰 허탈해하시는 저자에게 자서전을 한 번 써보시라고 추천 드렸다. 이번에도 "예"로 화답하시더니, 7개월 만에 집필을 끝냈다는 전갈이 왔다.

그녀가 풀어낸 이야기보따리를 살짝 열어보았다. 자잘한 일상의 이야기는 물론, 자신의 생애 여정에서 만났던 숱한 고난과 아픔을 전사(戰士)처럼 뚫고 살아온 이야기는 담담하고도 강렬했다.

나보다 앞서 살아오신 저자분의 진한 삶의 이야기에 감격과 감사와 존경의 마음이 차올랐다. 그간의 지난한 수고에 치하와 축하를 드린다. 저자분이 다음 행보를 어떻게 이어가실지, 벌써부터 기대가 된다.

2023년 햇살 고운 가을에
훌륭한 제자를 두어 행복한 문해교사 김금주

예순 해를 어머니의 딸로 살아온 나,
글을 통해 어머니를 다시 만납니다

평생 공부의 한을 품고 살아오신 우리 어머니! 진심으로 축하드려요.

저희 4남매 모두 시집 장가를 보내시고, 60대가 되어서야 처음으로 어머니 자신을 위해 뭔가를 시작하셨지요. 당신의 글씨체가 맘에 안 든다 하시면서도 꾸준히 붓글씨를 배워, 어머닌 서예 전시회를 여셨지요. 그때 참 멋지고 자랑스러웠어요.

그러더니 70대 중반엔 평생교육원에서 운영하는 중·고등학교 과정에 들어가셨지요. 어린 시절에 못 하신 공부를 시작하여 시험도 치르고 소풍도 가면서 즐거워하시던 어머니의 모습은 딱 10대의 소녀 같았어요. 중학교 과정을 시작한지 얼마 안 되었을 때, 어머닌 만학도 특집으로 KBS에서 진행하는 도전 골든벨 프로에도 출연하셨지요.

젊은 날부터 몸을 돌보지 않은 채 바쁘고 고되게 사시느라, 구석구석 안 아픈 곳이 없는 우리 어머니. 힘겹게 녹화 프로그램을 마쳐놓고 정작 TV에 방영되는 날엔 병원에 입원해 계셔서 병실에서 그 방송을 보시게 되었지요. 그때 저도 맘이 많이 아팠지만, 어머니 인생에 좋은 추억의 한 페이지를 남길 수 있었던 소중한 기회였다고 생각합니다.

코로나19로 사람들이 왕래하기도 어려운 시기에, 어머닌 공부를 시작하시고 졸업을 하셨습니다. 그때 제대로 축하도 못 해드려서 죄송해요. 늦게나마 어머니가 하고 싶었던 공부를 하실 수 있어서 감사하고, 어머니의 청춘을 조금이라도 보상받으신 것 같아서 장녀인 저는 얼마나 기쁜지 모릅니다.

어머니의 딸로 어언 60년을 살아왔지만, 어머니의 글을 보면서 정작 어머니의 인생에 대해 아는 게 별로 없었다는 반성을 하게 됐네요. 하지만 박옥순 님이 나의 어머니여서, 제가 어머니의 딸로 태어나서, 정말로 기쁘고 감사하며 살았습니다. 어머니가 쓰신 글들을 보면서, 어머니의 지나온 어린 시절과 젊은 날을 조금 더 알게 되었습니다. 어머니의 아픔과 기쁨도 조금 더 알게 되었고요.

어머니, 부디 아프지 마시고 건강하게 우리 곁에 오래오래 계셔주세요. 자랑스럽고 고마운 우리 어머니 박옥순 님, 사랑하고 존경합니다.

맏딸 김현주

최선을 다해 살아오신 어머니의 생애,
진주목걸이가 되다

어머니는 우리 동네에서 자전거·오토바이·자동차 운전을 하신
게 여성으로서 세 번째 안에 들었다. 그런 어머니는 자식들의 눈에
도 여자 홍길동 같았다. 아니, 여러 방면에서 앞서가는 선진 여성이
었다고 할까. 지금은 연로하셔서 키가 줄었다고 하시지만, 젊은 시
절 어머니의 키는 170cm다. 동네에서 별명이 키다리였다 한다.

어머니는 자녀들을 다 키우고 나서 주민자치에서 마련한 서예 반
에 들어가셨다. 오랫동안 붓글씨를 쓰셨고 전시회에 참여하는 등
활발한 활동을 하셨다. 그때 당시에 사용하시던 서예도구를 올해
여름 막내딸인 내가 물려받았다. 어머니의 손자국이 밴 붓과 먹으
로 지금 캘리그래피를 배우고 있다.

언제나 생산적인 일을 해 오신 나의 어머니. 뒤늦게 공부를 마친
것에 만족하지 않으시고, 이번엔 자서전을 쓰셔서 우리에게 자극과
도전을 주신다. 어머니의 책은 나와 우리 형제들에게 가장 귀한 보
물이 되어줄 것이다. 자자손손 어머니를 생각하면서 물려주고 읽고
추억할 것이기 때문이다.

어머니의 자서전 집필을 가까이에서 돕게 되어 정말 많이 기뻤
다. 어머니와 통화하고, 만나서 이야기하고, 카톡 문자로 나눈 무수
한 이야기들…. 이 시간들을 감사하게 여기며, 앞으로도 소중하게

간직할 것이다.

사랑하는 나의 어머니! 자서전 출간을 진심으로 축하드립니다. 비록 어머니의 일생이 화려하진 않았을지라도, 어머니께선 정말 최선을 다해 살아오셨습니다. 결코 안주하지 않으시고 성장해 가시는 모습을 보여주셨습니다. 삶이 고단하셨을 순간에도 비관하거나 부정적인 말씀을 하시지 않았던, 저희들에게는 최고의 어머니이셨습니다.

늦게나마 어머니의 꿈을 차근차근 이뤄 가시는 모습, 존경하고 자랑스럽습니다. 어머니가 내 어머니여서 고맙습니다. 낳아주시고 길러주셔서 감사합니다.

박옥순 여사님, 사랑해요.

• 추신: 저희 어머니의 글쓰기 스승이신 봉은희 작가님께 깊은 감사를 드립니다. 어쩌면 그냥 잊힐 수도 있었던 저희 어머니의 구슬 같은 귀한 사연들을 작가님께서 알알이 잘 다듬고 엮어서 마침내 값진 진주목걸이로 만들어 주셨다고 생각합니다. 작가님의 따뜻한 지지에 힘입어, 어머니가 끝까지 용기를 내실 수 있었습니다. 덕분에 어머니와 좋은 시간 많이 갖고, 추억 한 보따리를 덤으로 얻었네요. 고맙습니다.

막내딸 김현숙

옥순이의 화려한 외출

축하의 글④
....

그간 걸어오신 어머니의 수많은 시간에 경의를 표합니다

책을 쓰는 일이 결코 쉽지 않을 거라는 생각을 평소에 해왔던 저입니다.

어머니께서 자서전을 쓰시는 모습을 옆에서 뵈면서 포기하지 않고 끝까지 완주하는 과정이 마라톤이나 인생을 살아가는 일과 매우 닮았다는 생각을 처음으로 하게 되었습니다.

근 반년 넘게 농사와 한문공부 그리고 글 쓰시는 일까지 열심히 땀과 노력을 쏟아 부으셨던 어머니의 그 수많은 시간에 경의를 표합니다.

어머니, 수고하셨어요. 어머니께서 아껴주시는 제 아내 경선이와 함께 두 손 모아 축하를 드립니다. 어머니가 참으로 자랑스럽습니다.

막내아들 김진홍

목
차

챕터1 공부의 맛

옥순이의 화려한 외출

챕터2 젊은 날의 초상

챕터3 엄마는 강하다

챕터4 농촌생활 & 농사 이야기

챕터5 은혜의 강가에서

옥순이의 화려한 외출

공부의 맛

내 꿈을 이루어 준 글샘학교

마중(진천군 발행) 책을 앞세워 내게 온 평생학습원
그리도 원했던 중학교 무지개 타고 왔네
나이가 많아도 문제가 안 되고
돈 한 푼 안내고 배울 수 있다네

간밤에 돼지꿈 꾸었나 생각해 보네
열아홉 선볼 때 설렘 없던 이 가슴
두 근 반, 세 근 반 콩닥거리네

엊그제 만난 친구 옛 친구처럼 벽 없이 지낸다네
알고 보니 똑같은 동급생이라네

졸업 언제 오려나 졸업 전 수학여행 가고
흰 칼라 교복 입고 멋진 사진 찍어야지
우리나라 교육정책 잘돼있어 감사하네

2019년 6월 4일

옥순이의 화려한 외출

크리스마스이브

금요일에 시험을 끝내고 코다리 정식으로 선생님들과 맛있는 점심식사를 했다. 식사 후 김금주 선생님이 월요일 수업하러 올 때 빨간색 옷이 있으면 입고 오라고 하셨다. 나는 마땅히 입고 갈 빨간색 옷이 없어서, 빨간색 립스틱을 평소보다 정성 들여 바르고 갔다. 교실 문을 열고 보니, 평소와는 달리 화려한 장식이 눈에 들어왔다.

"우와, 이게 뭐야?"

선생님이 준비한 크리스마스이브의 깜짝 선물이었다. 빨간 루돌프 사슴 뿔 모양의 성탄 모자를 쓴 조한순이가 반겨준다.

나도 빨간 중절모 모자를 썼다. 뒤따라 들어오는 반 친구들도 마음에 드는 것으로 하나씩 골라서 모자를 썼다. 우리들은 어린아이들처럼 떠들며 휴대폰으로 사진도 찍고, 준비해온 카나페 재료로 음식을 만들어서 먹었다.

귤은 조한순이, 연시감은 김현금 친구가 가지고 왔다. 준비 없이 온 나는 미안한 생각이 들었다. '다음 기회엔 나도 무언가를 준비해야지.' 나는 속으로 다짐을 했다.

그날

2020년 10월 14일, 오늘은 대면 수업으로 몇 달 만에 교실에서 수업하는 두 번째 날이다.

첫 시간은 수학시간이다. 그것도 제일 어려운 연립방정식을 공부한다. 선생님이 설명하면서 문제를 풀어줄 때는 이해가 좀 되는 것같은데, 돌아서면 하얀 백지다. 10월 말에 시험이 있다고 하는데 걱정이다. '선생님, 제발 쉬운 문제로 내 주세요' 부탁을 해본다.

다음 시간은 한문공부 시간이다. 오랜만에 선생님을 만나 인사를 하고 수업이 시작되었다. 반의어를 써놓은 글자는 읽을 수도 있고 말로도 된다. 그런데 글자를 쓰려니 전혀 생각이 안 난다. 다음은 이음동어 한자어를 두 가지 또는 세 가지로 읽는 말이다. 이 또한 더러는 생각이 나고 더러는 안 난다. 난감하다.

그때에 유숙이 친구가 마당장(場)을 '공장장'이라고 썼단다. 그럴 수도 있는 일인데, 공장장이라는 이 말이 왜 그리 웃기던지 한참을 달게 웃었다.

유숙이 친구를 보면 해맑은 청소년 같은 느낌이 들 때가 종종 있다. 한참을 웃다가 미안한 생각이 들었다. 요즈음 웃을 일도 없고 쓸쓸했는데, 친구 덕에 마음껏 웃어봤다. 늘 그날만 같았으면 좋겠다.

2020년 10월 17일

옥순이의 화려한 외출

서예

2004년부터 지자체에서 운영하는 서예 반에 들어갔다. 좋은 선생님을 만나 그곳에서 귀한 분들과 서예를 배우게 되었다. 남자도 있고 여자도 있었는데, 여자가 더 많았다. 남성들은 한문을 많이 쓰셨다. 물론 여성들 중에도 한문을 쓰는 분이 더러 계셨다.

나는 주로 성경말씀을 썼다. 얼마 동안 한글을 쓰다 보니, 한문도 쓰고 싶어졌다. 어언 12년을 쓰다 보니, 잘 쓰지도 못하는 천자문도 한 번 썼다. 서예를 배우면서 성경말씀으로 8폭 작은 사이즈의 병풍도 만들었다.

서예 반에서 가끔 기차여행도 가고, 가까운 곳으로 등산도 몇 번 다녀왔다. 때로는 점심식사도 함께 하며 덕담도 나누었다.

그곳에서 만난 선비와 최 여사와는 개인적으로 친분이 두터워져, 일 년에 두 번씩 만나서 맛집을 찾아다니며 정을 나눈다. 선비는 자신이 아직 돈을 번다면서 밥값과 커피 값을 계속 혼자서 내고 있다.

세 사람이 만나면 마음에 묻어두었던 이야기도 서슴없이 털어놓는다. 그런데 정 많은 선비가 자주 아프다고 한다. 걱정이 된다.

서예가 아니었으면 이 좋은 보약 같은 친구들을 어찌 만날 수 있었겠나. 좋은 인인을 만날 수 있게 하시니 감사합니다.

친구들이여, 아프지 말고 잘 살아보세. 늘 건강하시게.

국어 선생님

우리 국어 과목의 담임은 김금주 선생님이다.

내가 아는 김금주 선생님은 정말 멋진 분이라고 생각한다. 평소에 옷도 격에 맞게 잘 입으신다. 구두도 옷에 맞추어 신으신다. 수업시간에는 말에 힘이 있다. 어느 때는 무섭기도 하다.

어느 날엔 예고도 없이 교복을 빌려왔다. 옷은 구겨지고 나한테는 작아서 단추도 안 끼워졌다. 그런 대로 교복을 입고 바람이 부는 밖에 나가서 철없는 아이들처럼 포즈를 잡고 몇 컷의 사진을 찍었다. 교실로 들어와서도 웃으며 사진을 찍었다. 코로나로 인해 격식을 갖추어 할 수 없으니, 선생님의 아이디어로 이렇게 귀한 한 가지 추억을 만들어 주셨다.

그뿐 아니다. 며칠 후 크리스마스 선물로는 신나게 춤을 추며 돌고래를 타고 날아다니는 멋진 동영상을 만들어주셨다. 어떻게 이런 기발한 생각을 하셨는지. 우리들을 위해서라면 무엇 한 가지라도 더 해주고 싶어 하시는 선생님. 정말 짱이다. 그런 선생님에게 명순이 친구가 한마디 건넨다.

"춤출 줄 모르는 우리들을 이렇게 가르치시느라고 고생하셨어요."

참 적절한 인사말이다.

옥순이의 화려한 외출

2월이면 졸업이라니. 생각하면 벌써 섭섭한 마음을 금할 길이 없다. 우리 중학교 3학년 학생들은 운이 좋아서 좋은 선생님을 만나 그의 제자가 되었다.

선생님, 고맙습니다. 영원히 못 잊을 겁니다. 많이 사랑합니다.

2021년 1월 20일 지난날을 생각하며

제자 박옥순

배움엔 나이가 없다

2021년 8월, 고등학교 검정고시에 도전했다. 그해 4월 검정고시 공부를 시작했는데, 선생님은 경험 삼아 8월 시험에 참가해보라고 하신다. 나의 생각과 일치해서 시험을 보았다. 결과는 1점 부족한 419점으로 안타깝게 떨어졌다.

하도 안타까워 발표 다음 날 교육청에 찾아갔다. 안내하시는 분이 3층 검정고시 반 담당자한테 가면 알려 줄 거라고 하신다. 담당자를 찾아가서 성적표를 보러 왔다고 했다. 잠시 기다리라고 하더니, 시험지를 주면서 하나 안 쓰신 것 기억하느냐고 묻는다. 나는 받아서 확인해 보았다. 하나 안 쓴 것도 있고, 다르게 체크한 것도 있었다. 억울하지만 어쩌겠는가. 허탈한 기분으로 집에 돌아왔다.

다음 해 2022년 4월 9일에 다시 시험을 보았다. 한 달 뒤 5월 10일에 합격이란 소식을 들었다. 그것도 이번 수험자 중 최고령 합격자라며 교육청으로 오라고 한다.

교육청에 가보니 장애를 가진 남학생이 휠체어를 타고 엄마와 함께 와 있었다. 다른 중학교 합격자, 초등 합격자, 그 남학생은 고등 검정고시였다. 뒤에 들은 얘기인데, 그 남학생은 중학교와 고등학교 모두 만점이라고 한다.

얼마나 노력을 했을까. 정말 대단하다는 생각이 들었다. 그 학생은 혼자 힘으로는 아무 일도 할 수가 없다. 어머니의 도움으로 물도 마실 수 있고, 밥도 먹을 수 있단다. 공부도 인터넷으로 했다고 한다. 나이는 20세 미만인 것 같다. 부모님의 헌신과 노력에 나는 마음속으로 찬사를 보냈다.

검정고시 커트라인이 420점인데, 나는 440점으로 합격했다. 교육청에는 국어를 가르치는 김금주 선생님이 함께 가 주셨다. 그러고 보니 무슨 일만 있으면 김금주 선생님이 늘 함께해 주셨다

선생님, 감사합니다. 늘 건강하십시오.

2022년 5월 11일 교육청에서

이동도서버스

7월 10일 국어시간이다. 국어 과목 담임이신 김금주 선생님이 일층 정문 앞으로 우리들을 인도했다. 그곳에는 책을 싣고 온 버스가 있었고, 이동도서버스 관계자 두 분이 우리를 안내하기 위해 기다리고 계셨다.

우리는 각자 보고 싶은 책을 골랐다. 스마트폰처럼 생긴 것 (E-book 기기)을 손으로 만지작거리니 글자가 커져서 읽기가 편했다. 또 머리에 헤드폰을 끼고 듣기도 하며, 컴퓨터 화면에 나오는 글자를 읽기도 했다. 아마도 전자책과 오디오북인가 싶었다.

70 중반의 나이에 한 번도 경험해 보지 못한 세상에 막상 들어오고 보니, 지금까지 뭐 그다지 어려운 일도, 힘들 일도 아닌 것을 그리 겁내고 살았나 싶다. 그 시간만큼은 어린 학생들처럼 책을 눈으로 읽고 귀로 들으면서 참 흥미로운 시간을 보냈다. 이런 시간을 마련해 주신 선생님께 감사했다.

2020년 7월 10일

'나는 백치다'를 읽고서

책 '나는 백치다'를 읽고 나서, 문득 나 자신이 부끄럽다는 생각이 들었다.

잘생기지도 똑똑하지도, 그렇다고 돈이 많은 것도 아닌 나다. 한데 지난날을 돌아보니, 제 잘난 맛에 살아온 것 같다. 가장 가까이에 있는 남편에게도 늘 불평·불만이었던 나다. 그 사람의 입장에선 내게 대한 불만이 많았을 것이다.

책의 주인공 펑티에난은 순수하고 착한 사람이다. 상대방에 대한 배려가 지나쳐, 자기가 손해를 봐도 표현 못 하는 천사 같은 사람이다. 유일한 그의 친구 절뚝발이는 본인이 더 어려운 처지였을 테지만, 항상 펑티에난의 말에 귀 기울여주었다. 항상 그녀의 편에 서 있어주는 좋은 친구다.

장애가 있는 자녀를 둔 부모들의 마음을 이해하는 시간이 되었다. 같은 부모 입장에서 마음이 짠하다.

2020년 7월 18일

중학교 졸업식 하던 날

2021년 3월 23일, 중학교 졸업식을 했다. 졸업식은 오후 2시에 센터 마당에서 한다고 한다.

그날 점심을 정금숙 집에서 하기로 했다. 삼겹살로 수육을 만들어 맛있는 김장김치와 곁들여 먹었다. 콩나물에 우거지를 넣어 끓인 된장국이 일품이었다. 금숙의 남편 되시는 분은 인품도 좋으신데다 자상함까지 겸비하셨다. 수육을 손수 썰어 접시에 가지런히 놓으시고, '소주 한잔하면 어떠시냐'고 물으신다. 우리들이 못 마신다고 하니, 그럼 맥주라도 조금씩 하라시며 직접 잔에 따라 주셨다. 명순이는 처음부터 끝까지 일사천리로 수고해주었다. 우리 반에 이 젊은 친구들이 없었으면, 어찌 지냈을까 생각해본다.

점심을 먹고 나오는데, 신순영 선생님이 예쁜 연보라색 리본으로 묶은 상자를 하나씩 주셨다. 맛 좋은 술떡이다. 1시 30분경 오랜만에 학습원에 왔다. 문은 잠겨있고 작은 옆문이 열려있다. 졸업식은 밖에서 한다고 했는데, 봄바람이 너무 심해 강단에서 조촐하게 이루어졌다. 김금주 선생님과 평생학습사 이영희 선생의 도움으로 가운을 입고 사각모를 썼다. 금주 선생님은 7명 모두에게 꽃다발을 한 아름씩 선물로 주셨다. 선생님은 센스가 있으셔서, 언제나 우리에게 필요한 것을 곧잘 준비해주시고 베풀어주신다.

중학 과정 졸업장과 지난번 한자 4급 합격증을 함께 받았다. 3년 동안 지도해주신 선생님들의 노고도 많았지만, 센터에서 일하시는

옥순이의 화려한 외출

이영희 선생님도 보이지 않는 곳에서 힘써 주셨다. 금주 선생님의 제안으로 그동안 우리를 도와 애써준 영희 선생님께 감사장을 전달하기로 했다. 반장 김현금은 읽는 중에 목이 메어 제대로 읽질 못했다. 그것조차도 감동이었다.

감사장을 받는 이영희 선생님도 예상하지 못했던 감사장 수여에 눈시울이 붉어졌다. 그때 춘자가 울음을 참느라 자기 입을 막았으나, 끝내 참지 못하고 눈물을 쏟으며 엉엉 울었다. 우리는 다 같이 울다 웃다 하며 기념사진을 찍었다. 아쉽지만 졸업식은 이렇게 끝났다.

돌아올 땐 고등 검정고시 책 7권을 받았다. 책이 무척 무거웠다. 집에 오는데 경로당 앞 마당가 의자에 어르신들이 앉아 계신다. 신순영 선생님이 주신 술떡을 자랑삼아 어르신들께 3개씩 드리고 남은 몇 개를 집으로 가지고 왔다.

집에 오니 남편이 미안하다고 한다. "왜요?" 하고 물으니, 애들 졸업식 땐 갔었는데 내 졸업식엔 못 가서 미안하다는 것이다. 치킨을 사다 먹자며 돈 2만 원을 주었다. 금액이 많고 적고를 떠나 성의가 고마웠다.

중학교 과정 3년이 너무 빨리 지나갔다. 어떤 친구는 지금 배워 언제 써먹느냐고 했다. 비록 써먹지 못한다 해도, 나는 배우는 그 자체만으로 충분히 즐겁고 감사하다.

2021년은 한자 3급과 고등검정고시가 목표다. 젊은 친구들에 비해 공부하는 것이 더 힘들 수도 있겠지만, 나는 반드시 배울 것이다. 노력하면 안 되는 것이 없다는 말도 있지 않은가. 나도 할 수 있다. 아자, 아자, 파이팅!

2021년 3월 23일

옥순이의 화려한 외출

가을 소풍

2019년 10월 23일 평생학습관 학생들이 여주로 소풍 가는 날이다. 여주에 있는 세종대왕 능을 보기 위해 갔으나, 때마침 공사 중이었다. 능에는 못 들어가고 세종대왕 박물관으로 이동했다.

그곳에서 세종대왕의 업적을 살피는 기회를 가졌다. 그분으로 인해 우리가 지금 이렇게 귀한 글을 쓰고 있다는 것을 다시 한 번 상기해본다. 다음은 명성황후 기념관을 관람하고 나와서 기념사진 몇 장을 찍고 어린 학생들처럼 웃고 떠들며 돌아다녔다. 소풍 긴다고 마음이 조바심이 나서 아침도 먹는 둥 마는 둥 했더니 출출하다.

점심을 먹기 위해 차로 이동하는 중 신호에 걸려 차가 멈추어 섰다. 잠시 후 앞에 서 있던 흰색 승용차가 후진해 와서 쿵 하고 들이받았다. 앞차 기사는 나이가 좀 들어 보이는 여인이었다. 그분도 갑작스러운 일에 놀라서 어찌 할 줄을 모르고 전화만 하고 있다. 차를 가지고 있는 나도 남의 일처럼 느껴지지가 않았다.

우왕좌왕하다가 우리들은 걸어서 식당으로 갔다. 정갈하게 차려진 정식 밥상은 허기진 우리에게 진수성찬과 다름없었다. 실제 맛집이었다.

식사 후 우리들은 아쉽지만 집으로 돌아와야 했다. 우리 학생들은 나이는 먹었어도 소풍 간다 하니, 나름 모양도 내고 설렘과 함께 꿈에 부풀어 있었다. 기대가 크면 실망도 크다는 속담이 있듯, 기대했던 우리의 소풍은 이렇게 막을 내려야 했다.

다시 못 올 그날이여~~

92세의 모교 은사 한정우 선생님

　내가 초등학교 시절 우리 학교는 1반은 남학생, 2반은 여학생이었다. 내가 1학년 때 담임선생님은 김인태 여자 선생님으로 기억이된다. 2학년 때는 임동철 선생님이고, 5~6학년 여학생 반은 한상길선생님, 남학생 반은 한정우 선생님이었다. 한상길 선생님이 대전에 사실 땐 환갑잔치에도 다녀왔다.

　그 후 광혜원초등학교 동문 체육회가 있었지만, 한상길 선생님은못 오셨다. 한정우 선생님은 초대하면 꼭 오시는 편이다. 그리고 우리 동창들의 1월과 7월 두 차례 정기 모임이 있을 때, 꼭 한정우 선생님을 초대했다. 현재 안성시 공도에 살고 계신다. 모임에 참석하시고 가실 땐 서울 쪽 친구들이 집에 모셔다 드리곤 했다. 연세가꽤 있으신 편인데도 허리도 안 굽고 꼿꼿하셨다.

　선생님은 참 자상하시고 제자들을 다정하게 대해주신다. 처가댁은 광혜원 월성리 이범수 씨의 큰사위이셨다. 늘 쾌활하시고 변함이 없는 분, 연세가 꽤 있으셔도 안성에 있는 성당에 다니시고, 봉사도 하신다고 들었다. 최근엔 코로나 때문에 모임을 못 해서 선생님을 못 뵌 지 몇 년 되었다.

　어쩌다 문득 생각나서 전화를 드리면, 선생님께선 반갑게 받아주셨다. 광혜원 소식을 알려면, 박옥순한테 물어보면 다 안다면서기뻐하셨다. 작년 스승의 날에도 전화를 드렸더니 반갑게 받아주셨다.

　　　　　　　　　　　　　　　옥순이의 화려한 외출

그런데 올해 7월 모임에 모실까 하고 며칠 전 전화를 드렸더니, 간병인이 대신 전화를 받는다. 귀가 어두워지신 걸까, 순간 걱정이 됐다. 잠시 후 다시 전화가 왔고, 수신 버튼을 누르니 선생님의 목소리가 새어 나왔다.

"박옥순이여?"

"네, 선생님! 무탈하시지요?"

마음이 왠지 서글프다. 사모님은 전날 넘어지셔서 병원에 가셨다고 한다. 늘 씩씩하실 줄 알았는데, 금년에 92세라고 간병인이 말해주었다.

2023년 5월에 선생님을 생각하며

영화 '아이 캔 스피크'를 보고

수업 시간에 영화를 봤다. 주인공 나문희 씨가 주인공 나옥분으로 등장하는 영화였다. 영어를 몰라 배우는 모습이 꼭 나와 같았다.

주민센터에 여러 가지 문제를 민원으로 많이 넣는, 골치 아픈 할머니로 낙인찍혀 있었다. 알고 보니 말 못 할 아픈 사연을 가슴에 묻고 살아온 가엾은 여인이다. 그녀를 낳아준 어머니도 딸의 사연을 누군가가 알까 봐 숨기고 살아왔다. 하나뿐인 남동생은 어릴 때 미국으로 입양을 갔다. 그래서 그녀는 남동생과 통화를 하기 위해 열심히 영어를 배워야했다.

13살 어린 나이에 위안부로 끌려가 여자로서 치욕적인 고통을 당하고 죽으려 했으나, 친구의 만류로 죽지도 못했다. 그러다 어느 날 주민센터에서 근무하는 박민재 직원이 영어로 대화하는 것을 보았다. 그녀는 끈질기게 박민재를 쫓아다니며 애원한 끝에 박민재에게 영어를 배우게 되었다. 그것이 인연이 되었다.

위안부로 있을 때 만난 친구가 미국의 큰 강당에서 자신의 위안부와 관련된 사연을 연설해야 했다. 그런데 안타깝게도 그 친구가 치매로 인해 연설을 못 하게 되었다. 그래서 나옥분이가 대신 연설을 하게 되었다. 한데 그 연설을 못하게 생겼다. 증거 불충분이라는 이유에서다. 난감한 상황이다.

박민재의 도움으로 그녀는 진정서와 위안부 때 찍은 사진을 가지고 왔다. 나옥분 역시 박민재를 보는 순간 기력을 되찾아 많은 사람

앞에서 당당하게 위안부의 아픈 실상을 말할 수 있었다.

반응은 뜨거웠다. 일본인 몇 명은 말도 안 되는 말을 하기도 했다. 그 일 이후 주위 사람들의 시선도 달라졌다. 왜 그렇게 억척스럽게 살아야만 했는지 인정해주고 장한 여인으로 봐 주었다.

불운한 시대를 살아온 연약한 한 여인의 삶을 보면서 나도 모르게 눈시울이 뜨거워졌다. 이분들에 대한 우리 사회의 시선이 보다 따뜻하고 포용적이었으면 좋겠다. 그리고 속히 일본 정부의 진정한 사과가 있기를 기대해본다.

2018년 어느 날

수학여행

2021년 10월 9일. 이날은 우리가 늦깎이 교실에서 만난 후 4년 만에 1박 2일의 수학여행을 떠나는 날이다.

수학여행지는 충남 예산이다. 우리가 살고 있는 충청권 안에 있는 곳이라, 그리 낯설지 않았다. 윤봉길 선생님을 동상으로 만났다.

해미 읍성에 들러 수덕사 산촌식당에서 더덕정식으로 저녁을 맛있게 먹었다. 소화도 시킬 겸 수덕사 입구까지 걸었다. 돌아오는 길에 더덕과 외국 상추대라 불리는 궁채 나물을 샀다. 상인에게 덤을 달라며 웃고 떠들기도 했다. 이번엔 예천의 예당저수지에 갔다. 분수와 불꽃놀이가 어우러져 화려한 야경에 취했다.

잠을 자기 위해 참살이펜션을 찾아가는데, 밤길이라 시골 골목길로 들어왔다. 만에 하나 맞은편에서 차가 왔다면, 피할 데가 없는 좁은 길이었다. 생각만 해도 아찔했다. 다시 돌아나와 물어물어 펜션에 간신히 도착했다. 나는 양치질과 세면만 하고 누웠다.

선생님은 피곤하실 텐데도, 중년 여학생들 얼굴에 일일이 마스크팩을 다 올려주었다. 잠시 후 하하 호호 웃음소리가 들린다. 맥주를 한 잔씩 하며 낮에 못다 한 이야기로 꽃을 피운다. 그렇게 하루가 지나간다.

아침 일찍 일어난 몇 명이서 뒷산에 올랐다. 산 공기가 선선하고 상쾌하다. 작은 알밤도 주우며 여행 이틀째를 시작한다. 아침은 현금이 친구가 해온 흑임자 인절미로 해결했다.

옥순이의 화려한 외출

오전은 추사 김정희 문학관과 생가를 둘러보는 일정이었다. 김정희는 두뇌가 뛰어난 것으로 알려졌다. 좋은 가문에서 태어난 선생은 노력가이기도 했다. 열 개의 벼루 바닥이 다 구멍이 날 정도로 글을 쓰셨단다. 가히 상상이 안 된다. 오후엔 보부상의 옛 모습과 장터 한 마당을 구경했다.

도중에 잘생긴 황소 한 마리가 풀밭에서 풀을 뜯는 걸 보았다. 선생님은 이 기회를 놓칠세라, 얼른 소 옆에서 고삐를 잡고 서라 한다. 멋진 한 컷의 사진을 얻게 되었다. 마지막 코스인 세계식물원에 들렀다. 잘 가꾼 1억짜리 벤자민 나무를 구경했다. 예쁜 꽃들도 식물도 많았다. 우리들도 구경 삼매경에 빠졌다. 오늘이 가장 젊은 날이라 생각하고 찰칵찰칵 해본다.

돌아올 무렵부터 세차게 비가 내리기 시작했다. 빗속을 마구 달려 온양의 재벌짬뽕 집에서 궂은 날씨에 어울리는 얼큰한 짬뽕으로 저녁을 먹었다. 우리들은 다시 차에 올라타고 집으로 향했다. 진천에 도착하니 8시 전이었다.

영원히 잊지 못할 추억의 앨범 한 권을 금주 선생님 덕분에 챙겼다. 감사합니다. 함께한 영어 선생님! 고생 많이 하셨습니다.

2021년 10월 12일 그날을 생각하며

검정고시 보던 날

2021년 8월 11일, 오늘은 검정고시를 보는 날이다.

우리들을 위해 몸소 청주에 가서서 고시 접수를 해주신 과학 선생님께 감사를 드린다. 수학 선생님께서는 컴퓨터용 펜을 사주시고, 사무실 이영희 주무관은 맛있는 팥이 들어있는 빵을 한 팩 사주셨다. 1인당 2개씩 주었다.

센스 있는 병옥이 자기가 받은 펜 오른쪽에 빵 두 개를 나란히 놓았다. 그러자 숫자 100이 되었다. "우와, 100점이다." 한바탕 웃음이 터졌다.

사실상 나는 검정고시 시험공부를 시작한 지 4개월째다. 이날 나도 경험 삼아 시험을 보기로 했다. 일찍 도서관 마당에 와보니, 아무도 안 왔다. 운전석에서 유튜브를 보고 있었다. 잠시 후 종란이 도착했다. 뒤이어 현금이 친구 남편 차가 도착했다.

우리들은 그 차를 타기 위해 기다렸다. 차에서 내린 현금이가 청심원을 하나씩 건네주며 긴장하지 말고 시험 잘 보라한다. 역시 반장다웠다. 평소에도 필요한 것이 있으면 프린트해서 반 친구들에게 나누어 주곤 했는데, 오늘도 세심하게 챙겨준다.

시험장에 도착하니, 문 앞에는 많은 수험생들이 와 있었다. 당 충전하라며 초콜릿과 음료를 주며 시험 잘 보라고 격려해주었다. 시험장엔 중고생 정도의 학생들이 붐볐다. 우리 팀이 나이가 제일 많아 보인다. 안내자의 도움으로 2층 16호실에 입실했다. 다른 친구

　　　　　　　　옥순이의 화려한 외출

들도 1층과 2층에 입실했다.

9시 정각. 첫 시간이 국어 과목이었다. 시험지를 펴보니, 난감하다. 잔글씨 내용이 시험지 반 이상을 채운 것 같다. 시간은 40분. 언제 이 많은 것을 읽어야하나? 문제를 읽어야 답을 쓸 텐데, 눈은 침침하고 마음만 급하다. 대충 머릿말, 중간, 끝부분을 읽고 있었다.

다 읽지도 못했는데 10분 남았다고 한다. 답안지를 백지로 낼 수는 없으니, 대충 찍었다. 다음 시간은 영어, 수학이다. 머릿속이 하얘졌다. 시험 시간 중간중간마다 책을 보며 유튜브를 보며 노력들을 하는데, 나는 무슨 배짱으로 준비성도 없이 왔는지 부끄러운 생각이 들었다.

넷째 시간은 사회 시간이다. 시험지를 보니, 아는 문제가 있다. 이제야 시험 보는 느낌이 들었다. 어떤 학생은 시험시간에 책상에 팔베개를 하고 엎드려있다. 젊은 학생들이라 여유가 있나 보다.

점심시간에는 각자 자기 책상에서 종이 곽 안의 김밥으로 해결했다. 오후 시간에는 그런 대로 수월했다. 고민하던 검정고시는 끝이 났다.

돌아오는 시간에도 반장 현금의 남편 되시는 분이 와계셨다. 몹시 부러웠다. 친구가 평소 남편한테 얼마나 내조를 잘했으면 잘 도와주실까? 그리고 보니 나는 평소에 남편한테 잘해준 것이 별로 없었던 것 같다. 내게 부족함이 많았나 보다.

집에 돌아온 오후, 신순영 선생님이 한국사와 사회과목 답을 올렸으니, 맞추어보란다. 선생님은 시험 전에도 모의고사를 치르듯, 시험문제를 만들어 매 시간 애써주셨다. 그런데 시험 당일까지도 학생들에게 신경을 써 주시니 마냥 감사하다. 작은 체구 어디에서 그런 열정이 나오는 것인지, 많이 닮고 싶은 선생님이다.

다행히 한국사와 사회는 80점 이상이다. 잠시 후 국어 선생님이 전 과목 답안지를 올려주셨다. 생각대로 국어, 영어, 수학은 낙제점이다. 9월 10일경에 교육청에서 문자가 왔다. 420점이 커트라인인데, 419점이란다. 이해가 안 되었다.

다음 날 교육청엘 가서 답안지를 보았다. 하나만 쓴 것도 체크를 잘못 해서 허망한 기분으로 집에 돌아왔다. 내년 4월엔 잘해보자 다짐을 한다.

2019년 9월에

옥순이의 화려한 외출

고마운 김금주 선생님

진천평생학습원을 통해 중학교 공부를 할 수 있는 기회가 왔다. 여기서 담임선생님이자 국어를 가르쳐 주시는 김금주 선생님을 만났다.

국어는 우리나라 말과 한글만 알면 되는 줄 알았다. 알면 알수록 어려웠다. 무슨 문법이며 갈래, 동사, 형용사…. 내가 몰랐던 용어가 수도 없이 많다. 우리 생활에서는 가계부나 일기를 쓰는 분이 제법 있는 줄 알고 있었다.

국어 공부를 시작하면서 제일 먼저 일기를 쓰라고 하셨다. 처음 며칠은 썼다. 쓰다 보니 매일 일기 내용이 비슷했다. 재미도 없고 해서 안 썼다.

얼마가 지나자 시, 감상문, 독후감, 기행문 등을 쓰라고 하신다. 선생님 말씀이니까, 잘 못 써도 몇 자씩 써 보았다. 잘 못 쓰는데도 왜 그리 못 썼냐고 안 하시니까 다행이다. 선생님 덕분에 일기처럼 써 모은 것이 여러 장 모아졌다.

선생님은 내게 기회가 되면 글 쓰는 걸 좀 배워보라고 하신다. 코로나 때문에 지난겨울 학교도 못 가고 집에만 있다 보니, 자녀들한테 편지를 쓰는 것도 재미가 있었다. 금주 선생님을 안 만났다면, 지금 이렇게 편지도 쓰지 못했을 것이다.

김금주 선생님! 가르쳐 주셔서 감사합니다. 77년을 살면서 중학교 3년의 시간들은 잊지 못할 아름다운 추억이었습니다. 선생님을 만난 것은 내게 행운이요, 복입니다. 무엇보다도 주님을 믿는 형제여서 더 친근하게 느껴지고, 가족 같은 마음이 들었던 것 같아요. 늘 건강하시고, 주님의 은총 안에서 원하는 바를 모두 이루시길 바랍니다.

2021년 4월 7일

선생님을 존경하는 제자 올림

수원 KBS공개홀

8월 25일~26일 수원 KBS공개홀에서 열린 '내 나이가 어때서 공부하기 딱 좋은 나인데. 만학도 100인의 빛나는 도전' 프로그램에 출전했다.

나는 어찌어찌해서 18번 문제까지 갔다. 문제는 옛날 연속극 '여로'의 주인공 이름이었다. 내가 사는 동네는 시골이라, 그 당시 전기가 안 들어왔다. 연속극을 못 봤는데 어찌 알꼬? 망설이고 있는데, 앞의 학생이 '맹구'라고 써서 번쩍 들고 있다. 나도 모르겠다 하고 '맹구'라고 써서 판을 번쩍 들었다. 답은 '영구'였다. 결국 함께 출전한 우리 반 김현금이 장원을 했다. 정말 기뻤다. 진천평생학습원을 알릴 기회가 되어서 더 기분이 좋았다.

약 50분의 방송을 위해 그 많은 사람의 수고가 있어야 작품이 만들어진다는 것을 눈과 귀와 온몸으로 체험을 했다. PD와 작가들이 몇 달 전부터 땀을 흘리며 준비하는 것을 보았다. 그동안 아무 생각 없이 보아왔던 방송화면들이 그렇게 해서 만들어진다는 것을 새삼 느꼈다. 세상에 쉬운 일이란 없구나 싶었다.

가수 박상철과 김연자 씨가 노래하는 걸 화면이 아닌 실물로 가까이서 보았다. 가수는 가수였다. 어쩌면 그렇게 흥이 나게 잘하는지, 다리가 아픈 것도 까맣게 잊고 노래에 맞춰 흔들고 있었다.

내 생에 이런 날도 있구나. 잠시나마 세상살이의 시름을 다 잊어버리고, 노랫소리와 함성 소리에 흠뻑 젖어본다. 잊지 못할 하루였다.

2018년 8월 25~26일

평생학습과 자동차

오후 4시경에 판다팜으로 서류가방처럼 생긴 작은 검정색 가방을 사러 갔다. 마음에 드는 것이 없어 그냥 돌아왔다.

오는 도중 갈 때 쉬었던 돌 위에 앉아 쉬면서 생각했다. 다리 아파, 허리 아파, 힘들어하시는 어르신들이 쉬었다 가시는 생각. 꼭 그분들과 내가 같은 입장이 되었다.

늘 바라던 고등 검정고시 반 학업을 포기할까도 생각했지만, 내 평생에 두 번 다시 못 올 기회를 놓쳐서는 안 될 것 같았다. 작은 가방을 사러 다이소에도 가보았지만 맘에 드는 게 없었다. 푸념하듯 막내아들 가게에 들러 넋두리를 했더니, 자기가 쓰던 가방을 주었다. 마음에 쏙 들었다.

집에 와서 카톡 영상으로 큰딸에게 자랑을 했다. 차 사고가 나서 내가 타던 차를 폐차시켰는데, 자가용 없이 가방 메고 버스를 이용해서 공부하러 다니려니, 다리도 허리도 너무 아프고 힘이 들었다.

막내는 30여 년 차 탔으면 이제 그만 연연하지 말라고 하지만, 매일 타던 차가 없으니 불편한 게 한두 가지가 아니었다.

물론 내가 차를 점검하지 않고 타고 다녀서 그렇다고 하는 말, 인정한다. 하지만 막내아들이 가까이 살면서 신경 안 써준 것도 20%의 책임은 있다고 나는 생각한다. 그리고 기도한다.

주님! 주님 보시기에 어느 길이 내게 적합할지, 그 길로 인도하여 주옵소서. 이 딸의 어리석음과 머뭇거리는 삶을 더 이상 용납하지

옥순이의 화려한 외출

마옵소서. 저의 능력이 어느 만큼인지 깨달아 알게 하옵소서. 주의 자녀로서 남은 삶은 부끄럽지 않고 합당한 삶을 살게 하옵소서. 전 능하신 예수님의 이름으로 기도드립니다. 아멘.

고마운 박형숙 선생님

평생학습원에서 만난 한자 담임 박형숙 선생님, 첫 인상이 참 좋았다. 친언니처럼 푸근한 첫 인상은 기대에 어긋나지 않았다. 늘 잔잔한 미소로 우리 학생들의 마음에 평안함을 주었다. 공부를 안 해서 한자를 잘 모르거나 실수를 해도 다독여 주시고, 격려와 칭찬을 아낌없이 주셔서 감사하다.

어쨌든 선생님을 만나 한자에 대한 재미가 붙었다. 글자 하나하나에 뜻이 있고 어느 획을 붙이느냐에 따라 뜻이 달라지는 묘한 매력에 빠져들었다. 선생님을 만나 한자 3급도 취득할 수 있었다. 2급 문제집은 집에 있지만 엄두가 나질 않았다.

노인 복지관에서도 선생님을 만나 사자성어에 또 다른 영역도 자세히 가르쳐 주시니, 감사했다.

선생님! 늘 건강하세요. 선생님의 능력이 많은 사람에게 아낌없이 흘러들어갈 것을 믿습니다. 선생님의 다정한 미소와 귀한 가르침을 기억하겠습니다.

제자 박옥순

옥순이의 화려한 외출

비대면 수업

요즘 코로나로 인해 비대면 수업이라는 이름으로 공부를 하고 있다. 컴퓨터를 사용할 줄 모르는 나로서는 걱정이 이만저만이 아니다. 용어도 생소하다. 인터넷, 이메일, 줌 미팅, 로그인, 아이디… 평소에 내가 안 쓰던 용어들이다. 나는 겨우 톡을 하는 정도인데, 정말 걱정이다.

어느덧 공부가 시작되었다. 아들을 통해 이메일 계정을 만들고, 선생님이 가르쳐 주시는 대로 따라 해 본다. 선생님의 얼굴과 학우들 얼굴이 들락날락 보인다.

잠깐씩 말소리도 들린다. 생소하고 신기하기만 했다. 잘하지는 못하지만 새롭게 한 발짝씩 나아간다. 시간이 지나면 좀 더 잘할 수 있겠지 기대해본다.

웬수 같은 코로나 바이러스 때문에, '방콕 여행'이 장기화가 되고 있다. 그러다 보니 나처럼 나이 많은 사람은 이것에 적응하느라, 머리가 지끈지끈 아프다.

코로나 바이러스야, 이젠 제발 좀 우리에게서 떠나다오.

2020년 10월 2일 박옥순

요가교실

　2018년 봄부터 3년째 요가교실을 일주일에 2번씩 다니고 있다. 농협 2층에서 주부들을 위해 마련한 자리다.

　평생학습원에 다니면서 나 혼자만 중학 공부를 할 것이 아니라, 여러 사람에게 알려 줘야겠다는 생각이 들었다.

　어느 날 강사님에게 양해를 구했다. 나의 이야기를 듣고는 강사님도 좋은 일이라며 흔쾌히 허락해 주었다. 요가 시간에 평생학습원에서 나처럼 중학 과정을 배울 수 있다는 얘기를 했다. 반응은 무덤덤했다. 아무도 그 일에 대해 묻지도 않았다. 괜한 말을 했구나 싶어 민망했다.

　2년 후 진천도서관에서 낯익은 얼굴을 만났다. 요가교실에서 본 두 명이 평생학습원에 공부를 하러 왔다. 무척 반가웠다.

　"어찌 된 거야?"

　"언니가 요가교실에서 말했잖아요."

　"어머, 잘 왔어. 그때 바로 왔으면 나와 같이 3학년이 되었을 텐데."

　요가교실 5분 발언은 헛되지 않았다.

2000년 봄 어느 날

젊은 날의 초상

샘물에 빠졌던 날

초등학교 5학년 때의 일이다. 공부를 마치고 집으로 돌아오는 길이었다. 우리 집 뒷동산을 바라보며 노래를 부르고 껑충껑충 뛰면서 뒷걸음질을 쳤다.

그런데 이 무슨 날벼락이란 말인가? 샘물에 풍덩 빠져 버렸다.

우리 집에 오기 전 쌀 방앗간이 있었다. 방앗간 옆 마당가에 둑이 없는 샘이 있었다. 돌로 쌓아 만든 샘이었다. 책가방을 든 채로 돌 계단을 하나둘씩 잡고 올라왔다.

집에 오니 어머니는 내가 도랑에서 빠진 줄 알고 마구 야단을 치신다.

"도랑이 아니라, 샘물에 빠졌어요."

"뭐라고? 그런데 어떻게 나왔어?"

야단을 치시다 말고 어머닌 깜짝 놀라신다. 다행이라 여기시는 표정이다.

그 시절의 나는 어지간히 천방지축이었던 듯싶다.

1958년 어느 여름을 추억하면서

옥순이의 화려한 외출

내 고향 바들말

'생거진천' 광혜원면 광동 하신 새짜리. 내가 태어난 곳은 바들말의 끝자락 새짜리이다. 나는 이곳 새짜리에서 나고 자랐으며, 만승초등학교를 졸업했다.

광혜원 한가운데로 칠장천이 흐르는 동네다. 여름밤엔 그 냇가에서 목욕을 하고, 낮엔 엄마들의 빨래터로 변한다. 빨래방망이를 두드리며 이런저런 이야기를 나누다 보면, 목소리가 커질 수밖에 없다. 사람들이 북적거리는 어떤 날엔 더욱 떠들썩했다. 하루하루 힘들고 팍팍한 삶의 찌꺼기들을 그렇게 얘기를 주고받으며 털어냈을 것이라 생각된다.

어느 날 빨래하며 옆을 보니, 얼마 전에 시집 온 새댁이 세숫비누로 머리를 감고 있었다. 그 당시 우리 집을 비롯해 보통 가정에선 잿물에 쌀겨로 만든 빨랫비누로 머리를 감았다.

"어머나. 저 새색시는 세숫비누로 머리를 감네."

모두가 부러워하는 눈빛이었다. 나도 향기로운 냄새가 나는 세숫비누로 머리를 감는 그 새댁이 내심 부러웠다.

우리 집 앞엔 공동 우물이 있다. 새짜리에 살고 있는 6가구가 이 우물을 식수로 사용했다. 여름에 해 질 무렵이면, 아주머니들이 둘러앉아 보리쌀을 닦느라 바쁘다. 어떤 아주머니는 작은 돌을 이용해 닦는 엄마도 있었다. '박박 드드득 드드득' 소리를 내며 무슨 내기라도 하는 듯, 손바닥 뒤쪽이 빨갛게 부르트도록 닦아 낸다.

지금은 개발이 되어 옛날 흔적은 온데간데없고, 그 자리엔 연립들이 우후죽순 들어서 있다. 길도 옛날 논두렁 길, 봇도랑 길은 찾아볼 수가 없다. 동네 뒤쪽으로는 쭉 뻗은 도로가 시원하게 나 있다. 그나마 눈에 익은 옛날 집들이 듬성듬성 남아 있어, 옛 추억을 더듬게 한다.

바들말 동네에 들어서면 왠지 모르게 코끝이 찡하고 내 마음은 요동친다. 웬 주책인지, 눈가엔 이슬이 맺힌다. 어언 60여 년이 지났건만, 나의 심장은 10살짜리 아이가 된 모양이다. 어릴 적 뛰어놀던 친구들도 떠오르고, 이제는 아니 계시는 부모님과 동네 어른들이 사무치게 그리워진다.

내 고향 바들말, 이유 없이 그냥 좋다. 내가 나고 자란 곳이라서 그렇겠지. 지나고 보니 그때가 참 좋았다. 오늘의 나를 있게 한 바들말이여, 영원하여라.

옥순이의 화려한 외출

6.25 전쟁의 흔적

내 나이 6살 때의 일이다. 우리 집 싸리문 앞에 있다 보면, 가끔 하늘에서 삐라(무언가가 적혀 있는 전단지)가 떨어지곤 했다.

어느 날 그걸 주워 딱지를 만들자고 해서, 옆집 언니들과 하늘을 바라보며 서 있었다. 그때 바들말 아래쪽으로 폭격이 떨어졌다. 우리 집은 바들말 끝자락에 있는 새짜리였다.

함께 서 있던 옆집 언니가 갑자기 픽 쓰러지더니, 못 일어났다. 한 언니는 발뒤꿈치가 잘려나갔다. 나중에 들은 얘기인데, 내가 아버지한테 매달리며 마구 울었단다. 그때 아버지의 흰색 중의 적삼이 피로 물들었고, 나는 왼손가락을 다쳤다.

급한 마음에 어머니는 보리쌀을 삶아 시렁에 덮어놓은 베보자기로 피가 흐르는 내 손을 꽁꽁 묶어주었다. 그러고선 다 같이 뒷산 넘어 영청골로 피난을 갔다. 피난을 가다가 비행기 소리가 나면, 소나무 밑에 머리만 들여놓고 엉덩이는 바깥에 내놓고 숨었다.

며칠 후 내 손을 싼 베보자기를 풀어보니, 구더기가 바글바글했단다. 어머니는 곧바로 병원을 찾았다. 의사는 팔목까지 썩어 들어가니, 손목을 잘라야 한다고 했다.

"아따, 의사선상님이 어찌 그리 험한 말을. 어린애 손목을 어찌 자른대유. 썩어 들어가도 그리는 못하니, 어서 치료만 해줘유."

다행히 내 손의 상처는 썩지 않고 나았다. 대신에 검지가 구부러졌고, 장지는 두 마디가 잘렸다. 생활하는 데는 딱히 불편한 게 없고, 사용하는 데도 지장이 없다. 다만 뜨개질은 못한다. 평상시 사람들 앞에 서거나 앉아 있을 땐, 나도 모르게 늘 왼손 위에 오른손을 포개고 있었다. 맞선을 볼 때도 나는 장애가 있다고 말하며 손을 보여 주었다. 상대방은 사는 데 불편한 것 없으니 상관없다고 했다.

나는 장애 6급으로 살지만 부끄럽진 않다. 이것 또한 주님의 은혜다. 교만할까 봐 겸손하게 살라고. 그러니 이 또한 감사하다.

옥순이 시집가는 날

내가 시집간다는 소식을 듣고 며칠 전 친구 두 명이 놀러왔다. 왜 벌써 시집을 가느냐고 묻는다. 나는 대답했다.

"시집을 가는 것이 아니고, 엄마와 함께 이 집에서 살 거야. 그 사람이 우리 식구가 되어주면, 아버지가 좀 편해지실까 해서. 부모님 뜻이니까."

친구들은 이해가 안 된다고 했다.

12월에 맞선을 보고, 1월 14일에 혼인식을 치렀다. 시집가던 날 이웃집 아주머니가 내 얼굴에 화장을 해주고 연지곤지를 찍어줬다. 노랑 저고리에 빨강 치마 원삼 저고리를 입고, 머리엔 족두리를 썼다.

신랑이 가마를 타고 들어왔다. 곧 우리 집 마당에서 혼례가 진행되었다. 혼례식 후에 사진을 찍는데, 신랑의 키가 신부보다 작았다. 구경하던 사람 중에 한 사람이 방으로 뛰어 들어가서 얼른 방석을 접어 신랑 발밑에다 넣어주었다.

혼례식 날, 겨울 날씨답지 않게 날씨가 푸근했다. 마당에서 국수를 먹으며 땀을 흘렸다고 한다. 혼례식을 마친 후 안방 아랫목에 앉아 있는데, 국수를 삶느라 계속 불을 때니 뜨거워서 방석을 여러 개 포개어 두껍게 깔고 앉아있었다.

하루가 어찌 지나갔는지 정신이 하나도 없었다. 하객들은 "혼인날 날씨 좋은 거 보니, 옥순이는 잘 살겠다."고 덕담을 했지만, 이날이 '옥순이 고생길 시작되는 날'이 될 줄 어찌 알았겠는가.

1964년 1월 14일을 회상하며

옥순이의 화려한 외출

스무 살에 엄마가 되다

1965년. 당시에는 산부인과가 어디에 있는지도 모르고 살았다. 당연히 아이를 낳아야 아들인지 딸인지 알 수가 있었다.

저녁을 먹고 마실을 나갔는데, 이웃집 형님이 딸에게 편지를 써 달라 하셨다. 잘 쓰지는 못하지만, 궁금하다는 안부 편지를 써서 읽어 드리고 이런저런 이야기를 하고 돌아왔다.

잠시 후 배가 아파왔다. 점점 더 자주 아팠다. 옆집에 사시는 고모님이 오셨다. 고모님이 그이한테 개울 건너 동네 구판장에 가서 미역을 하나 사오라고 하신다.

그 사람이 미역을 들고 막 들어오는데 아이를 낳았다. 딸아이였다.

딸아이를 보며 겨우 딸 낳으려고 그렇게 힘이 들었다고 하니, 그이는 딸이면 어떠냐고 한다.

남편은 젊은 시절에 이곳저곳 떠돌면서 외롭게 살아온 사람이다. 결혼해서 살면서 첫 자식이 태어나니, 무척 좋았던 모양이다. 아이가 태어나니, 집안에 한결 생기가 돌았다.

1965년 음력 1월 18일

한겨울에 빨래하기

세찬 겨울바람이 몰아치는 날, 냇가에서 빨래할 땐 방망이로 얼음을 두드려 깨야 한다. 대야에 뜨거운 물을 가득 담아 빨래할 옷가지에 적셔, 한 개 빨고 뜨거운 물에 손을 녹이고 또다시 빨래를 했다.

빨래를 다 할 무렵이면 뜨거운 물은 이미 차갑게 식어 있고, 세탁을 마친 옷가지는 뻣뻣하게 얼고 있다. 손이 시려 입으로 호호 불어본다. 집으로 오는 길엔 종종걸음으로 뒤도 안 보고 뛰다시피 온다.

집에 와서 문 열고 들어가니, 아이가 노란색의 똥을 집어주며 나를 반긴다. 꼬마 화가라도 된 듯 방바닥에 두 손으로 그림을 그리고 있다.

아이고, 아가야. 날보고 어쩌라고.

1967년 겨울을 회상하며

옥순이의 화려한 외출

아들 낳던 날

서리가 하얗게 내리는 가을이다. 이곳저곳에서 새벽부터 벼 타작을 하느라 야단법석이다. 그날도 남편은 개울 건너 친구네 집에 벼 타작을 하러 갔다. 친정어머니가 산후조리를 도와주시기 위해 집에 와 계셨다.

아침부터 배가 살살 아파온다. 점심때가 되어도 아이는 꼼짝 안하고 배만 아프다.

"누가 그러는데 새 집에서는 부엌에 가서 아이를 낳으라고 하더라."

산통으로 고생하는 나를 보고 어머니가 하신 말씀이다. 부엌문도 엉성해 바람이 많이 들어와 너무 추웠지만, 나는 부엌으로 갔다 방으로 갔다 하느라 분주했다. 남편도 걱정이 되는지 일찍 와서 큰아이를 등에 업고 소리 지르는 나를 붙잡아 주느라, 이마에서 땀이 뚝뚝 떨어지고 있었다. 해가 지고 얼마 지나지 않아서 방에서 아이를 낳았다. 엄마는 "고추다, 고추여." 하며 기뻐하셨다.

내 나이 스물두 살인 1966년 음력 9월 20일 저녁 6시경이었다.

엄마는 강하다

화장품 외판원

바깥세상을 전혀 모른 채 결혼을 했다. 26세에 네 자녀를 둔 어미가 되었다. 아이들은 커 가고, 큰아이가 초등학교에 입학을 했다. 앞날이 막막했다.

어느 날 이웃에 사는 조카뻘 되는 아가씨가 자신이 하고 있는 화장품 판매를 해 보라고 권유했다. 화장을 할 줄도 모르는 20대의 시골 아낙이 그걸 하겠다고 얼떨결에 장사를 시작했다.

장사를 나가면서 어린아이들의 작은 손에 돈 10원씩을 쥐어주었다.

"이걸로 라면땅(당시 10원 하던 과자 이름) 사먹고, 잘 놀고 있어. 그러면 엄마가 얼른 다녀올 거야."

아이들을 달래놓고는 시골 동네를 발바닥이 아프도록 두루 걸어서 다녔다.

눈이 소복이 쌓인 어느 날이었다. 화장품 가방을 들고 개좌마을에서 윗삼거리를 지나 주거리 고개를 넘어 용설리까지 갔다. 그곳에서 물건을 팔고는 고개를 다시 못 넘어온 채 죽산 쪽을 향해 가고 있었다.

눈이 쌓인 길이라서 날은 춥고 길은 온통 미끌미끌했다. 죽산 쪽으로 가는 택시가 내가 있는 쪽을 향해서 다가온다. 택시비가 아까워서 나는 차마 손을 들지 못한다. 지나가는 차를 보니 빈 차다. 속으로 "어차피 가는 길인데, 나 좀 태워주지" 하며 혼잣말로 궁시렁

옥순이의 화려한 외출

거린다. 그러다가 또 혼잣말을 해본다.

"너, 돈이 아까워서 차를 못 세우고는 누굴 원망해?"

그런 생각을 하는 나 자신이 부끄러워서 피식 웃는다.

터덜터덜 걷다 보니, 어느덧 죽산 차부까지 왔다. 해는 서산에 걸려 말을 타고 있다. 피곤하고 지친 몸을 이끌고 우리 집으로 가는 차에 힘겹게 올라탔다.

아마도 오늘 내가 걸은 거리가 족히 6km 이상은 될 것 같다. 가까스로 집에 도착했다. 온몸에서 기운이 쭉 빠져 나가는 걸 느꼈다.

1975년 겨울날의 하루를 회상하며

집에 가는 길

나이 서른한 살에 광혜원에 선영분식이라는 칼국수 집을 열었다. 내가 사는 집은 광혜원에서 4km 떨어진 죽산면 두교리 개좌마을이다. 경험도 솜씨도 없으면서 먹고살기 위해 칼국수 장사를 시작했다. 부족하지만 정성껏 김치를 담그고 양념간장과 양념 다대기를 만들었다. 가게 한쪽 귀퉁이에서는 토스트를 굽고, 찹쌀 도너츠는 진천에서 오시는 분에게 받아서 팔았다.

지금처럼 가스 불이었으면 참 편리했을 텐데, 그때는 너 나 할 것 없이 연탄을 사용했다. 국수 손님이 오시면 속히 삶아 드려야 되는데, 연탄불이다 보니 마음처럼 잘 안 됐다. 그래도 손님들은 칼국수를 잡수시고는 잘 먹었다고 인사를 하며 돈을 냈다. 나는 돈을 받으면서도 늘 미안한 생각이 들었다. 일을 마치고 집에 돌아갈 때면, 지금처럼 포장도로가 아닌 비포장도로인 자갈길 신작로를 걸어야 했다.

짐을 싣는 짐자전거에 돼지 먹일 구정물을 싣고 갈 때면, 출렁대기 때문에 도착해서 보면 삼분의 일은 쏟아져버린다.

당시 광혜원에는 택시가 한 대밖에 없었다. 오다 가다 택시기사를 만나면 "아줌마, 충청도에서 돈 벌어서 경기도로 가유?"라고 말을 한다. 나는 "그러게, 잘 가!"라며 서로 인사를 한다.

1974년 칼국수의 값은 150원이었다.

1974년 어느 날을 회상하면서

옥순이의 화려한 외출

선우다실

1982년 어느 날이다. 길을 지나가다 보니, 내가 아는 곳에 이층건물을 짓고 있었다. 백곡에서 다방을 하는 친구 집에 자주 가다보니, 나도 다방을 하면 잘할 수 있을 것 같았다. 신축 건물의 2층을 600만 원 전세에 쓰기로 했다. 소개소를 통해 종업원을 구하고, 주방은 동네 아주머니께 부탁했다.

개업은 1982년 10월 28일 광혜원 장날에 했다. 내 고향이다 보니, 그리 어렵지 않게 영업이 잘되었다. 애로점이 있다면, 종업원들의 선불이 문제였다. 힘들고 어려운 점도 많았지만, 19년을 운영하면서 사 남매를 가르치고 결혼까지 모두 시켰다.

속을 썩이는 종업원이 있는가 하면, 아주 착실한 종업원도 있다. 그때 함께 일했던 한 친구와는 지금까지 연락을 하며 지낸다. 광천에서 젓갈가게를 크게 하고 있다. 그런가 하면 광혜원에서도 좋은 사람을 만나 잘 살고 있는 친구도 여럿이 있다.

사람의 인연이란 언제, 어디에서 만날지 아무도 모른다. 그때는 담배 재떨이가 테이블마다 놓여 있었다. 여름에는 문을 열어 놓으니까 잘 모르겠는데, 겨울엔 추워서 문을 꼭꼭 닫아 놓으니 손님이 들어오거나 나가거나 할 때 문을 열면 굴뚝에서 연기가 나오듯 뿌연 연기가 건물 밖으로 빠져나가곤 했다. 환풍기가 한 대 있었지만 효과는 별로 없었다. 폐업을 할 땐 종업원에게 떼인 돈도 꽤나 있었다.

그 당시 커피 값은 250원, 쌍화차는 500원이었다. 폐업을 할 땐 커피 값이 2,500원, 쌍화차는 4,000원으로 올라있었다. 속이 썩고 힘들 때도 많았지만, 그 시절이 그립기도 하다. 지금도 가끔 옛날 일들이 꿈에 보인다. 그 시절엔 무서운 것도 없고, 옳다고 생각되면 뭐든 사정없이 밀어붙였다.

아! 다시 못 올 내 젊은 날이여!

2023년 봄날에

옥순이의 화려한 외출

우리 집이 생겼어요

1965년 정월 18일 딸아이가 태어났다. 내 집이 아닌, 남의 집 문간채 사랑방에서.

산골마을은 인심이 좋고 동네사람들끼리 유대가 두터워, 울력으로 집을 지었다. 황토 흙을 마차로 운반하여 동네 큰 마당에서 송판으로 된 직사각형의 틀에다 황토 흙에 물을 부어 가래(농기계)로 되직하게 반죽을 한다. 반죽한 흙을 삽으로 틀에 넣고 발로 밟은 흙벽돌을 마당에 널어서 며칠간 말린다. 날씨가 며칠 좋으면 다행이다.

한데, 비가 오는 날이면 바닥이 좀 높은 곳으로 벽돌을 하나하나 옮겨 놓고 볏짚으로 만든 이엉을 덮어 비를 피해줘야 한다. 집을 짓는 데 필요한 나무는 동네 주민들이 울력으로 마차와 지게를 이용해 서산에서 베어왔다.

베어 온 나무는 동네에 사시는 목수의 손길을 통해 집 지을 재료로 태어난다. 대패로 밀고 자구를 이용해 다듬었다. 먹통의 검은색 실로 길이를 재어 알맞게 톱으로 자른다. 큰방 한 칸, 부엌 한 칸, 좀 외진 곳에 큰 항아리를 묻어 화장실을 만들었다. 부엌문은 송판이 없어 쌀가마 옆을 뜯어서 길게 달았다. 화장실 문도 쌀가마로 달았다. 집 옆의 흙을 긁어모아 장독대로 만들었다. 이웃에 사시는 고모님 덕에 항아리도 몇 개 얻어 봄이면 장을 담그고 고추장을 담았다.

이렇게 하여 남의 문간방에서 살던 우리 가족은 새 집으로 이사를 했다. 내 집이 생기니 세상 부러울 게 없었다. 나의 신혼살림은 이렇게 펼쳐졌다.

옥순이의 화려한 외출

연탄가스

칼국수 장사를 할 때의 이야기다.

저녁 늦게까지 다음 날 장사 준비를 하느라, 시간이 너무 늦었다. 날이 저물어 집에 돌아가려니, 춥기도 하고 엄두가 나지 않았다. 오늘은 집에 들어가지 않고 가게 안에 있는 조그만 방에서 자야겠다 생각하고 바로 곯아떨어졌다.

몇 시쯤 되었을까. 눈을 뜨려 해도 눈이 안 떠진다. '왜 이러지? 몸이 왜 이렇게 무겁지?' 하며 문 쪽으로 기어서 갔다.

마침 일찍 출근한 옆 가게 아주머니가 나를 발견하고, 급히 동치미를 떠다가 먹여주었다. 그러고는 택시를 타고 우리 집에 들러 남편에게 알렸다. 너무 급한 나머지 남편만 택시에 태워가지고 가게로 왔단다. 병원의 의사가 가게에 왕진을 오고 난리를 치른 모양이다.

집에 있던 네 아이들은 엄마가 연탄가스를 마시고 쓰러졌다는 소식을 듣고, 조그마한 발로 비포장 자갈길을 한걸음에 뛰어 가게에 들어왔다고 한다. 남편에 따르면, 택시가 도착하고 나서 얼마 지나지 않아서 네 아이들이 가게로 헐레벌떡 가쁜 숨을 몰아쉬면서 들어왔다는 것이다.

나는 다시 살아났다. 내 주님은 순간순간 위험으로부터 나를 지켜주셨다. 그리하여 내 생명을 연장해 주시고, 또 연장해 주시고, 오늘까지도 지켜주고 계신다.

주님, 감사합니다!

커피 한 잔

저녁시간, 술에 취한 사람이 커피 한 잔을 마시고는 자리에서 일어설 생각을 안 한다. 청소를 하고 가게 문을 닫아야 하는데 계속 앉아 있다.

"아저씨, 우리는 일이 다 끝났고, 청소를 해야 합니다. 그만 가시지요."

그래도 그는 별 말 없이 안 가고 TV만 보고 있다. 그렇게 한참을 앉아 있더니, 그냥 간다.

"커피 값은요?"

"돈 없어요."

"돈이 없으면 왜 커피를 주문하셨어요?"

그는 말없이 나가 버렸다.

그는 가고 없는데, 내 마음이 개운치 않다. 돈을 못 받아서가 아니다. 돈 없으면 왜 커피를 마셨냐고 했던 내 말이 목에 걸려, 끝내 내 마음에 상처가 되었다. 2,500원 커피 값이 뭐 대수라고.

그 손님의 주머니에 정말 돈이 없는지, 있는지는 아무도 모른다. 어차피 받지 못할 거면 기분 좋게 "예, 그냥 가세요." 할걸. 두고두고 후회가 되었다.

옥순이의 화려한 외출

라면

젊은 날 두교리 개좌마을에 살 때의 이야기다.

무더운 여름날 마당가 화덕에 보릿짚을 때며 별 양념도 없이 수제비나 칼국수를 해서 먹었다. 찌는 듯한 날씨에 밀가루 반죽을 해서 칼국수를 해서 먹으려면, 땀이 뚝뚝 떨어져 그 땀이 양념이 될 지경이다. 돈을 주고 만들어진 국수를 사다가 해 먹으면 만들기가 수월했다.

몇 년이 지나 비닐봉지에 포장이 된 라면이라는 이스턴트식품이 나왔다. 신기했다. 물을 끓여 라면을 넣고 스프를 털어 넣으면, 일류 요리사가 한 것처럼 맛이 일품이다. 양념이 다 되어있어 쏟아 넣고 끓이기만 하면 맛있는 음식이 되는 것이다.

한데 가격 면에서 국수와 차이가 있었다. 그래서 라면 양념에 국수와 반반 섞어서 끓여 먹었다. 조금이라도 절약하기 위해서였다. 아이들은 라면만 끓여달라고 한다. 작은딸은 삐쳐서 훗날 시집가면 라면만 끓여서 먹을 거라고 했다. 그런 말을 하던 딸이 50 중반을 넘어 60을 바라보는 나이가 되었다.

직접 만들지 않고 끓는 물에 내용물만 넣으면 끝나는 라면의 존재, 가히 신세계였다. 라면의 출현은 나에게 음식문화의 대혁명이었다. 비가 오는 날, 라면의 맛은 한층 짱이다.

청소부

만 69세에 GS건설 사무실 청소부로 취업을 했다.

집 앞 경로당엘 갔다. 그곳에서 선수촌에 청소부 아줌마를 구한다는 얘기를 들었다. 내 머릿속에 이게 웬 떡이야 하는 생각이 들었다.

그날로 선수촌 GS건설 사무실을 찾아갔다. 나에게 나이와 함께 이런 일 해 봤느냐고 묻는다.

"이런 일은 안 해봤지만 할 수 있을 것 같아요."

그는 내가 해야 할 일을 설명해주었다. 새벽 5시에 출근해서 직원들 출근 전에 청소를 해야 한다고 한다. 나는 잘할 수 있다고 했다. 그럼 내일부터 출근하란다.

그러면서 사족을 달았다. 이곳 일이 힘들어서 들어온 지 2달도 안 돼서 여러 명이 그만두었단다. '아줌마도 아마 그럴 거다.' 하며 내심 기분 나쁜 말들을 한다. 회사에선 나이가 좀 많긴 한데, 한번 해보라며 탐탁하지 않게 말을 한다.

이른 새벽에 출근을 해야 하니, 새벽기도는 못 가게 되었다. 우리 집에서 선수촌까지는 2km 정도 된다.

제일 힘든 건 화장실 청소다. 사무실 아래층에 변기가 10개, 식당 옆에도 10개가 있었다. 일하는 인부가 많을 때는 5백 명이나 되었다. 사무실 직원도 30여 명 정도가 되었다. 식당 주방장은 친절했다. 일 하시는 분들이 들쭉날쭉이라, 어느 때는 밥이랑 반찬이 많이 남았다. 사무실에선 절대로 밖으로 음식을 못 가지고 나가게 했다.

옥순이의 화려한 외출

식당에선 방금 한 음식이 버려지는 게 아까워, 사무실 직원의 눈을 피해 가져가라고 한다. 음식을 차에다 싣고 와서 이 경로당, 저 경로당에 나누어줬다. 거기서 준 밥으로 식혜도 조청도 해먹었다.

무엇보다도 내 생애 처음으로 매월 월급을 받는 기분이 쏠쏠했다. 내가 영업을 했던 시절엔 여러 명의 월급을 챙겨줘야 하기에, 월급날이 다가오면 이 돈 저 돈 끌어다가 채워주기 바빴다. 그런데 이젠 월급을 받게 됐으니, 몸은 힘들어도 기분은 좋았다. 남편에게 매달 20만 원씩 용돈도 건넸다. 퇴근은 오후 3시경에 했다. 오전에 모든 일은 끝난다. 오후엔 사무실 직원들 커피 잔만 닦아주면 된다. 그 사무실은 일회용 종이컵은 안 쓰고 각자의 커피 잔이 있다.

사무실 아래층에 창고 겸 내가 쉴 곳이 있다. 짬이 날 땐 주로 책이나 신문을 보고 성경 통독을 했다. 그렇게 2년 6개월 만에 선수촌 공사가 마무리되었다. 내 생애 처음이자 마지막 직장이었다.

몇 달 지나 통장에 퇴직금 명목으로 500만 원이 입금됐다. 직장생활이 참 좋은 거란 생각이 들었다. 젊고 건강할 때 일할 수 있는 게 복이다. 내가 몸담았던 회사에 감사했다. 좋은 일터를 허락하신 하나님께 더욱 감사했다.

난 3억 부자다

개좌마을에 살 때다. 이렇게 농사를 짓다가는 도저히 답이 안 나올 것 같았다. 송아지 한 마리를 팔아서 칼국수 장사를 3년 2개월간 했다. 1974년도였다. 집을 비우는 날이 많다 보니, 아이들한테 소홀한 점이 많았다.

대한교육보험 회사에 다니기로 했다. 보험회사는 저녁에 일찍 와서 저녁밥을 해줄 수 있어서였다. 보험회사에 다니다 보니, 나의 배움이 부족하다는 생각이 들어 그도 3년 하고 그만두었다.

모래밭 600여 평 되는 것을 470만 원에 팔았다. 그 돈에서 20만 원은 남편이 쓰고, 450만 원은 내가 받아가지고 150만 원을 보태어 전세 600만 원에 찻집을 차렸다. 돈을 좀 얻어서 종업원을 구하고, 다실에 필요한 기구를 샀다. 그렇게 선우다실을 시작해서 4남매를 결혼까지 다 시켰다. 찻집 19년을 하고, 그곳에 노래방을 꾸미며 5년간 영업을 더 했다. 그리고 자영업을 접었다. 어찌 됐든 나의 손에서 일자리는 이렇게 끝이 난 것이다.

그동안 남편에게서 월급봉투를 받아본 기억이 없다. 두 사람의 현재 통장엔 각자 돈 천만 원의 여유밖에 없다. 논도, 밭도 없다. 누구에게 갚아야 할 빚도 없다. 나라에서 주는 노령연금과 노인 일자리에서 월 27만 원을 주고, 아이들이 통장으로 몇 십 만 원씩 보내주고 있다. 큰돈 쓸 일이 생기면, 아이들이 다 해결해준다. 효자들이다.

옥순이의 화려한 외출

문제는 남편의 뜬금없는 추궁이었다. 장사를 몇 십 년 했으면 없어도 3억은 있을 텐데, 왜 그 돈을 안 푸느냐는 것이다. 차 사고가 나서 폐차했을 때도 왜 돈 두고 차를 안 사느냐, 왜 애들이 사줄 때를 기다리느냐고 따지듯 말했다. 남편의 터무니없는 셈법에 머리가 띵했다. 일견 서운한 마음도 들었다.

　600만 원 가지고 50여 년을 살았다. 어찌 되었든 애들 별 탈 없이 잘 커주었고 결혼까지 했으니, 부모의 도리는 아쉬운 대로 했다고 생각한다.

　만져보지도 못한 3억. 그러고 보면 난 부자다.

장래쌀

장래쌀. 이름만 들어도 무섭다. 봄에 이웃집에서 쌀 한 가마를 빚으로 얻어온다. 가을이 되어 갚을 땐, 한 가마 반을 내어주어야 한다. 그걸로 밥만 해 먹는 게 아니다.

장날이면 한두 말씩 팔아서 생활용품도 사고 농사용품도 산다. 식구 많은 집에서 쌀 한 가마 빚내어 봤자, 얼마 못 가서 쌀 항아리 밑바닥이 보인다.

여름에 보리쌀 한 가마를 빚내어 와도, 가을에 쌀 한 가마로 갚아야한다. 까맣게 타들어가는 어미의 속을 모르는 아이들은 과자를 사 달라며 징징거린다.

엇답 논 서너 마지기 가을이 되어 떨어서 쌀 대여섯 가마 빚 얻어온 것을 갚고 나면, 가을이 채 끝나기도 전에 또다시 장래쌀에 의지해야 할 판이다. 팍팍한 농촌살림. 시나브로 시름이 깊어만 간다.

1968년 어느 가을날

옥순이의 화려한 외출

민 양과 미역국

1987년 다방을 운영할 때의 일이다.

다방에서 일하는 종업원을 부를 때, 이름 석 자를 모두 부르지 않는다. 보통 성에다 '양' 자를 붙여서 박 양, 김 양, 이 양…. 이런 식으로 부르곤 했다. 그 시절 나와 일했던 민 양은 작은 키에 얼굴이 까무잡잡했다. 웃기도 잘하고 부지런했다. 다른 아이들보다 배달도 더 잘했다.

어느 날 주방 아줌마가 나한테 귀띔을 한다.

"언니, 내일이 민 양 생일이래유."

"그래요? 그럼 소고기 좀 사다가 내일 미역국 좀 끓여줘요."

나는 시장 볼 돈을 건네며 아줌마에게 부탁을 했다.

다음 날 아침 밥상을 받은 민 양이 찔찔 눈물을 흘린다.

"왜 그래?"

걱정돼서 물었더니, 지금까지 살면서 생일날 소고기 미역국을 받아보긴 처음이란다.

"그랬구나. 앞으론 쭉 소고기 미역국 먹으면 되겠네."

눈이 빨개진 민 양의 눈물을 닦아주며, 우린 밥상 앞에서 다 같이 한바탕 웃었다.

어찌 생각하면 가슴 아픈 일이고, 마음 짠해지는 이야기다. 하지만 그 시절, 우리에겐 꿈이 있었다. 20대 아가씨였던 민 양은 민 양대로, 40대 엄마였던 나는 나대로, 좀 더 잘 살아보겠다는 꿈과 희망이. 그랬기에 저마다 어려운 형편들이었지만, 어려운 줄 모르고 살았다.

옥순이의 화려한 외출

처음 맛본 황금쌀밥

남편이 밭에다 곡식 중의 하나인 조(좁쌀)라는 작물을 심었다. 한 여름에 동네 어르신 몇 분이 오셔서 풀을 뽑아주셨다. 노란 작은 씨 하나가 자라서 가을이 되니, 길고도 큰 열매가 되었다. 그 좁쌀을 한 송이 따서 세어보라 하면, 아마 며칠이 걸릴 것 같다.

남편은 가을볕에 잘 익은 좁쌀 송이를 떨어 말리더니, 방앗간에서 노란색의 잘잘한 쌀로 정미를 해왔다. 쌀이 없어서 그 조만 가지고 밥을 지어야 했다.

조밥을 지을 때 물이 적으면, 숟가락으로 뜰 때 밥알이 서로 붙어있지 않고 흩어진다. 반대로 밥이 질면, 처음 먹을 땐 괜찮으나 식으면 딱딱하게 굳어서 잘 떨어지질 않는다.

내 생에 처음으로 해본 황금쌀밥이다.

1970년 가을 어느 날

옥순이의 화려한 외출

보리밥

뜨거운 여름날 마당 옆 화덕에 보리쌀을 앉혀 밥을 짓고 있는데, 아이가 운다. 아이를 등에 업은 나는 선 자세로 보릿대를 한쪽 발로 밀어 아궁이에 넣었다. 보릿대가 후다닥 후다닥 소리를 내면서 탄다.

날은 후텁지근하고 무덥다. 계속 아이를 등에 업은 채 감자를 까서 찌개를 끓였다. 반찬이라고 해야 감자찌개에 열무김치와 무장아찌가 전부다.

보리밥을 큼직한 대접에 가득 떠서 열무김치를 넣는다. 여기에 고추장 한 숟가락을 떠 넣어 쓱쓱 비벼서 한 끼를 때운다.

보리밥은 쌀밥과 다르다, 보리밥을 지으려면, 두 번 끓이고, 두 번 약하게 불을 때서 뜸을 잘 들여야 한다. 그래야 소화가 잘되면서 맛있는 보리밥이 완성된다.

담배

　과거에 우리 집은 담배 농사도 지었다. 남편은 논이고 밭이고 도지로 주면, 겁 없이 다 얻어서 농사를 지었다.

　한 해는 사근다리 신씨네 논을 얻어서 담배를 심었다. 그 해 담배 농사는 잘되었다. 우리 밭에 심은 담배는 가뭄이 들어서 시들시들하니 축축 늘어졌다. 담배 곁순을 따러 가면, 까만 진이 끈적끈적 입은 옷에 묻어 까만 옷으로 변한다. 처음 담배 농사할 때는 담배를 엮어 다는 줄이 짚으로 새끼줄을 꼬아 만든 것이어서 손가락이 부르트고 아팠다.

　몇 년이 지나 나일론 줄이 나왔다. 연초조합에서 담배 농사하는 가정마다 줄을 나누어 주었다. 담배 농사에 필요한 것을 조합에서 미리 주고, 가을 수납 때 받는다.

　담배 건조실에서 담뱃잎을 매달 때는 긴 송판을 가로놓는다. 두 사람이 위에 있고 두 사람이 밑에서 담배 줄을 올려주어야, 양쪽에서 받아서 매달 수가 있었다. 중간쯤 매달았을 때, 긴 송판이 미끄러져서 아래에 있던 내 머리에 떨어졌다. 깜짝 놀라 소리를 질렀다. 머리 위에서 사람이 밟고 있던 송판이 떨어졌으니, 놀라고 충격이 클 수밖에. 다행히 별일 없이 일은 진행되었다. 후에 보니 머리에 혹이 나있었다.

　가을이면 담배 조리를 한다. 담뱃잎을 색깔별로 한 묶음씩 묶는 것이다. 이 담배 조리는 거의 한 달간 지속된다. 수납 때가 가까워지면, 기술자를 불러서 색깔별로 나누어놓는다. 기술자를 학고쟁이라고 불렀다. 그 아저씨는 척 보면 색깔별로 이쪽저쪽으로 휙휙 집어던진다. 뒤에서 다른 아저씨는 나무로 만든 네모반듯한 틀에다 같은 색끼리 한 보따리씩 만들어 놓는다.

봄부터 여름내 땀을 흘리고 가을까지 온 힘을 들여 농사지은 담배는 서리가 올 무렵에 수납을 한다. 부푼 꿈을 안고 수납하는 날을 기다린다. 여름내 가져다 쓴 것을 다 제하고 가져온 돈은 일백만 원에 불과하다. 기대에 못 미쳐 허망한 심정으로 돌아온다.

그럼에도 내년에는 조금 더 나아지겠지 하며 다시 기대를 품는다.

고추 농사의 변천사

지금은 고추 모를 사다가 쉽게 심지만, 지금으로부터 70년 전에는 고추씨를 직접 밭고랑에다 심었다. 며칠 지나 밭에 나온 고추 모는 좋은 것은 남기고 안 좋은 고추 모는 솎아버린다. 솎아낸 고추 모 중에서 좋은 것은 다듬어 나물로 무쳐 먹기도 한다.

고추 모가 자라서 고추가 보기 좋게 열리고 빨갛게 익으면, 따다가 햇빛 좋은 마당에 멍석을 펴놓고 정성 들여 말린다. 더러는 발을 엮어서 발에다 말리기도 했다.

세월이 흘러 차츰 과학영농이 이뤄지자, 고추 농사에도 진화가 일어났다.

이젠 밭에다 직접 씨를 안 뿌리고 대나무를 휘어서 비닐하우스를 만들었다. 그곳에서 고추 모를 길러서 밭으로 옮겨 심는 것이다. 몇 년 후 비닐하우스는 대나무보다 더 튼튼한 쇠 파이프로 하우스를 만들었다. 동네 아주머니 몇 분이 오셔서 고추 모를 심고 가꾸어서 고추가 빨갛게 변하면, 가을의 문턱에 이르게 된다. 이때가 무척이나 덥다.

장날 시장에서 흰 와이셔츠를 싸게 파는 곳이 있어서, 식구 숫자대로 샀다. 아래는 트레이닝을 입으면 고추 따는 복장이 완성되는 것이다. 토요일이나 일요일이 돌아오면, 아이들을 데리고 고추를 따러 간다.

고추를 따다 보면, 처음엔 6명이었는데 4명밖에 보이질 않는다.

살펴보면 막내아들은 고추나무 밑에 앉아 있고, 큰아들은 밭 옆 개울에서 물장구를 치고 있다. 두 딸은 얼굴이 빨갛게 익었어도, 아무 말 없이 고추를 따고 있다. 이렇게 고추를 따 놓으면, 남편은 손수 레를 이용해 집으로 옮긴다.

저녁을 먹고는 따온 고추를 고추 건조실에 넣어 말린다. 나는 삼 태기에 담아서 올리고, 남편은 건조실에서 받아서 고르게 널어 말 린다.

그전엔 없던 고추 건조실이 있어서 비가 내려도 걱정이 없다. 이 렇게 말린 고추를 장날에 팔아서 추석 명절에 제수도 사고 가윗돈 으로도 사용한다. 아이들 추석빔도 사고, 식구들 양말도 산다. 오랜 만에 아이들이 좋아하는 빵이랑 과일도 샀다. 남편이 좋아하는 돼 지고기도 한 근 샀다.

농사를 왜 하는지

사실 우리 집은 논밭이 한 평도 없다. 있다면 막내가 몇 년 전에 구암리에다 150여 평을 사 놓은 것이 전부다. 그리고 대소 쪽 밤나무골 옆에 누가 농사짓던 100여 평 정도를 경작하고 있을 뿐이다. 이것만 심심풀이로 하면 딱 좋으련만, 남편은 10년 전부터 약 500평 되는 밭농사를 짓고 있다. 묵히지나 말고 해먹으라고 밭주인은 그런다. 그곳에다 고추, 참깨, 들깨 농사를 해마다 짓고 있다.

나는 허리 수술을 받은 이후부터 멀리 걷거나 쪼그리고 앉는 걸 잘 못 한다. 남편 혼자서 한다고 말은 하지만, 혼자 할 수 있는 게 아무것도 없다. 참깨와 고추를 심을 때도, 내가 모를 떼어주면 남편은 심는다. 참깨도 내가 화초 삽으로 파주면 깨 씨를 심는다. 고추도 혼자는 못 따니 함께 가서 따고, 차로 실고 와서 수돗물에서 세 번 씻어서 건조기에 넣어서 말린다. 밭을 갈 때도 20만 원에 갈고 혼자서 멀칭 비닐을 씌운다.

고추 모 값이 24만 원, 고구마 싹 값이 18만 원, 비닐은 남편이 사와서 가격을 모른다. 거기에 퇴비, 비료, 농약 등 대충만 따져도 약 1백만 원이 들어간다. 수확해서 먹는 것 빼면 들어간 돈도 안 나오는데도, 그는 말하기 좋게 운동 삼아서 농사를 짓는다고 한다. 말로만 '내가 다 할 테니, 당신은 걱정 말라'고 한다.

말은 그렇게 하지만 기왕에 하려면 일찍 서둘러서 잘해야 하는데, 옆에서 지켜보면 영 아니다. 나만 잔소리꾼이 된다. 안 할 거면

옥순이의 화려한 외출

몰라도 일단 농사를 짓기 시작했으면 때를 놓치면 안 된다.

　난 일을 할 때면 앉았다 일어서는 걸 못 해서, 구부려 엎드려서 일을 한다. 그러다보니 다리 뒤쪽이 당기고 허리도 아프고 말이 아니다. 올해에도 얼마나 싸우며 일을 해야 할지 걱정이 된다.

　주님! 제발 저 사람이 내년에는 자기 말처럼 운동 삼아 조금만 하게 하옵소서.

고구마

개좌마을에 살 때다. 밭이 모래밭이어서 고구마를 심으면 잘되었다. 보통 고구마를 열 가마 정도씩을 캤다. 아이들과 함께 캐서 손수레를 이용해 집으로 가져왔다. 집에 가져온 고구마는 수수깡을 엮어서 만든 발을 방 윗목에 세우고 그 속에 넣어서 저장한다. 겨울부터 봄까지도 반양식으로 먹었다.

잘고 볼품없는 고구마는 쇠죽 쑬 때 썰어 넣어 함께 끓인다. 소도 맛있게 잘 먹고 살이 통통하게 올라, 보기만 해도 마음이 뿌듯했다. 못난 고구마는 돼지의 간식이 되어 주었다. 우걱우걱 맛있게 먹는다. 쇠죽 쑬 때 아궁이에 구운 고구마는 더욱 맛있다.

이렇게 효자식품인 고구마 덕에 우리 식구는 겨우내 배고픈 줄 모르고 살았다. 그때 먹던 고구마는 지금도 여전히 식구들에게 인기가 좋다.

고맙다, 고구마야.

옥순이의 화려한 외출

은혜의 강가에서

야유회

교회 1, 2구역이 함께 모여 진천 자연생태공원에서 야유회 겸 그 곳에서 야외예배를 드리기로 했다.

11시 20분 축협 앞에서 차를 기다리고 있는데, 김정숙 권사님이 오신다. 뒤이어 문삼례 구역장님이 두 손에 무언가를 무겁게 들고 오셨다. 잠시 뒤에 이윤희 권사님이 차를 가지고 와서 우리 세 사람 은 그 차에 함께 타고 다른 분들은 전도사님 차로 가겠다고 한다.

생태공원에 도착하니, 전도사님 차도 와서 막 짐을 내리고 있었 다. 우리는 각자 짐을 나누어 들고 나무 그늘이 있고 의자처럼 생긴 나지막한 돌이 있는 곳에 돗자리를 두 개 깔았다. 그곳에다 가지고 온 짐을 풀었다. 먼저 전도사님의 안내로 예배부터 드렸다.

예배 후에 점심을 먹었다. 이혜숙 권사가 찰밥을, 문삼례 구역장 도 찰밥과 맛있는 열무김치에 고추를, 천상임 권사는 김과 맛있는 전을 부쳐왔다. 서연호 집사님은 나물을 솜씨 좋게 무쳐왔다. 나 는 며칠 전에 해둔 얼갈이 물김치를 가지고 왔다. 모두가 살림 9단 이어서 솜씨 좋게 해 오셨다. 이윤희 권사는 수박과 포도를, 김정숙 권사님은 커피를 가져오셔서 후식까지 푸짐했다. 여러 분의 도움으 로 만족스런 점심식사가 되었다.

식사 후 다리 아프신 노권사님들은 그늘에 계시고, 우리는 가벼 운 등산을 했다. 생태공원은 어찌나 잘 꾸며놓았는지, 가는 곳마다 아름다운 꽃동산이었다. 전도사님이 이런 모양, 저런 모양으로 사

옥순이의 화려한 외출

진을 찍어주셨다. 한 가지 흠이 있다면, 버드나무에서 민들레 꽃씨처럼 하얀 꽃가루가 너무 많이 날아다닌다는 점이다. 흰 눈이 내려앉은 것처럼 하얀 솜가루가 바닥이 안보일 정도로 쌓인 곳도 있고, 사람이 다니기가 불편할 정도로 많이 날아다녔다.

우리 생각 같으면 아무리 자연생태공원이라고 하지만, 버드나무는 좀 베었으면 어떨까 생각해 본다. 좋은 날씨에 신선한 공기를 공짜로 맘껏 누렸으니, 행복한 하루였다.

2023년 4월 27일에

성경 필사

2000년 봄부터 교회를 다녔다. 예전에 두 딸이 교회를 먼저 다닐때, '보이지도 않는 하나님을 믿느니, 보이는 나를 믿으라'고 말했었다. 그런 내가 출석교인이 된 것이다. 목사님의 설교를 듣고 때론 마음이 울컥해지는 때도 있고, 남모르게 눈물이 흐를 때도 있다.

'이런 마음이 하나님을 알아가는 걸까?' 하고 의문이 들 때도 있다. '눈에 보이지도 않는 하나님을 믿는 것이 맞는 행동일까?' 생각도 해본다.

어찌됐든 교회에 가면 평안함이 있다. 그래서 하나님을 믿는지도 모른다. 누구에게도 말 못 하는 것도 교회에 가면 혼자서 내 앞에 하나님이 계시고 들으실 거라 믿고 아뢴다. 그런 뒤 응답해 주실 것을 믿고 기다린다.

좀 더 하나님을 알고 싶어 성경 필사를 시작했다. 시작 연도는 잘 기억이 안 나지만, 처음 필사한 노트는 큰딸에게 선물했다. 필사 공책엔 날짜가 있다. 두 번째 필사한 것은 작은딸에게 주었다. 두 번 필사하는 데 7년 반이 걸렸다. 육십이 안 되어 일손을 놓았더니, 무얼 잃어버린 것 같아 하나님을 의지하고 필사하는 것에 매달렸던 것 같다. 목사님께선 필사했다고 현금 10만 원도 주셨다.

1. 성경 통독 10번 (2015. 7. 1 ~ 2022. 12. 24)
2. 주기도문 1천 번씩 4독 (2015 ~ 2017. 11. 21)

옥순이의 화려한 외출

3. 사도신경 1천 번씩 4독 (2016. 12. 26 ~ 2017. 12. 6)

4. 사도행전 40번 읽기 (2016. 1. 4 ~ 4. 19)

5. 시편 40번 읽기 (2017. 10. 1 ~ 11. 12)

6. 교독문 40번 읽기 (2017. 10. 6 ~11. 12)

7. 찬송가 1번 읽기 (2017. 8. 25 ~ 9. 8)

어찌하면 주님이 내 음성을 듣고 기뻐하실까?

"옥순아, 너 잘하고 있어."

어쩌면 이렇게 격려해주시지 않을까?

"아무것도 두려워 말라. 내가 너를 지켜 주리라. 늘 보호하리라."

그리 말씀하실 줄 믿습니다. 아멘.

새벽기도

4시 30분경에 일어나 양치질을 하고 눈곱만 떼고 따듯한 물 한 컵을 마시곤 스틱 2개를 짚고 교회로 향했다. 새벽 공기가 시원해서 기분이 상쾌하다. 약간의 오르막길도 힘이 들어서 숨을 고르게 된다. 오르막 중간쯤 치킨집 앞 의자에 앉아서 잠시 숨을 고른 후 3분 정도 쉬다가 다시 교회를 향해 올라간다.

요즘 목사님이 목감기로 인해 힘드신가 보다. 무릎도 아프다고 하신다. 새벽에 찬송이 잘 안 되신다. 아침 설교를 간단히 하시고는 이옥자 권사가 건강이 안 좋다 하니, 예배 후에 안수기도를 해주신다.

이 권사는 아직 젊은 나이다. 여러 진찰 결과 이상은 없다는데, 밥맛이 없어 식사를 잘 못 한다니 걱정이다. 안 그래도 날씬한 몸인데, 더 야위었다.

신○○ 성도님은 뇌종양 수술을 하시고 요즘 입원해 항암치료와 방사선 치료 중이다. 항암치료 탓인지 눈도 침침하고 밥맛도 없고 체력이 많이 약해지셨다고 한다. 병마와 싸우고 있는 이들을 주님이 속히 회복시켜 주시리라 믿으며, 우리 성도들은 기도하고 있다.

하나님 아버지! 병환 중에 있는 성도님에게 강건함을 허락하여 주옵소서. 피곤치 않게 하시고 잘 이겨내게 하옵소서. 제 남편도 불쌍히 여겨주세요. 올해 나이가 84세인데, 마음은 아직도 청춘으로 생각하나 봅니다.

옥순이의 화려한 외출

육신은 그 생각을 따라가지 못하고, 치과에서 아랫니를 치료받고 부분 틀니를 하더니, 이젠 윗니가 또 속을 썩이네요. 잘 치료해서 사는 날까지 먹고 싶은 음식 먹고 살다 가게 하옵소서. 무엇보다 잘 깨닫는 지혜를 주옵소서. 예수님의 이름으로 기도합니다.

2023년 6월 19일

광혜원 순복음교회

1992년에 광혜원 순복음교회가 설립되었다. 그날이 엊그제 같은데, 벌써 31년째다. 광혜원 야산을 개발해서 택지로 조성해 놓은 땅을 분양받아 교회 건물을 세웠다. 3층으로 크고 멋지게 지었다. 4층 옥상에는 조립식 주택을 만들어서 목사 사택으로 썼다.

며느리와 딸네 식구들은 일찍이 예수님을 영접하여 착실하게 신앙생활을 해왔지만, 나는 2000년도부터 교회에 출석하기 시작했다.

내 삶이 고단해지자, 돌파구를 찾듯이 교회 새벽기도부터 나갔다. 서성효 목사님의 설교를 듣고 이해가 안 될 때도 있었지만, 눈물로 회개할 때도 있었다. 구경자 사모님의 친절함에 감동받고, 다정한 임헌남 전도사님의 위로와 섬김에도 감사한 마음이다.

2014년 1월 12일, 명예권사 직분도 받았다. 아무것도 한 일이 없는 내가 권사 직분을 받는 것이 맞나? 목사님이 직분을 주신다고 하시니 얼떨결에 받긴 했지만, 내 마음엔 그런 생각이 들 때가 있다. 부족한 것도 많고 깨달음도 없이 성경책만 들고 왔다 갔다 하니, 앞으론 더욱더 당신의 자녀로 열심을 다해 하나님을 의지하고 살아가라고 주시나 보다 생각하고 있다.

예전에 입던 깨끗한 한복을 꺼내 입고 권사 직분을 받았다. '박옥순! 한눈팔지 말고 하나님 꽉 붙들고 기도의 사람으로 늙어가자.' 맘속으로 다짐했다.

2018년에 서성효 목사님은 진천으로 교회를 개척하여 나가시고,

젊고 패기 넘치는 원솜니 목사님이 오셨다. 캐나다에서 오랫동안 선교를 하셨단다. 내가 간사한 걸까. 젊은 목사님이 신선해 보였다. 사모님도 젊어서 아가씨 같아 보인다. 아들 대한이와 세 식구가 교회 새 식구가 되었다. 교회 건물이 31년이란 세월이 지나다 보니, 여기저기 금이 가고 비가 오면 새는 곳도 있다.

우리 교회는 올해 들어 개·보수 공사를 시작했다. 1층은 식당 겸 카페, 2층은 교육관, 3층은 대예배실로 쓰인다. 배영창 장로님이 건축위원장을 맡아 기도하며 잘해가고 계시니, 감사하다. 아직까지 자금이 부족하지만, 주님은 어느 손길을 통해서든 채워 주시리라 믿고 성도들은 기도하고 있다.

무엇보다도 이번에 엘리베이터를 설치해서 어르신들과 몸이 불편하신 성도들께 기쁨의 선물이 될 것 같다. 우리 교회가 좀 더 부흥되고 하나님이 기뻐하시는 교회가 되기를 우리 성도들은 합심하여 기도하고 있다.

2023년 7월 12일

날 구원하신 하나님

IMF로 인해 많은 사람들이 힘들어할 때다.

2000년 이른 봄, 주변 사람 중에 한 분이 여관을 하면 돈도 벌고 안정된 사업이라는 귀띔을 해주었다. 그 말을 듣고 나는 길가의 밭을 구입해 여관 허가를 받고 설계까지 들어갔다.

있는 돈만 가지고는 도저히 안 될 것 같았다. 게다가 이자까지 날로 높아져 여러모로 마음이 힘들 때였다. 여관 설계까지 해놓은 것을 팔기로 하고 부동산사무소에 내놨으나, 얼른 매매가 안 되었다. 누구한테 이야기할 수도 없으니, 더욱 심경이 답답하고 초조했다.

생각다 못해 나는 딸과 며느리가 다니는 교회의 새벽예배에 나갔다. 목사님의 설교를 들으며 하염없이 울었다. 속이 후련했다. 인간에게는 말할 수 없는 속사정을 안고 주님 앞에 나아가니, 내 넋두리를 다 들어주시는 것 같았다. 낮에는 교회 가는 것이 부끄러워서 새벽예배만 다녔다. 주님의 은혜로 여관 부지도 매매가 되었다. 매매는 되었지만, 이리저리 들어간 돈을 정산해보니 손해가 적지 않았다.

그래도 마음은 안정이 되었다. 다음엔 낮 예배도 드렸다. 처음 시작한 새벽예배는 지금까지도 진행 중이다. 찬송가 가사가 날 위해 써 놓은 것 같다. 마음속 깊은 곳에서부터 울컥 눈물이 솟구친다.

교회 다니기 전 친구를 만나 즐기던 술도 교회에 나가면서부터 완전히 끊었다. 만에 하나 술 마시고 실수라도 한다면, 내가 믿는

옥순이의 화려한 외출

하나님을 욕보이게 될까 봐 지금까지 술을 안 먹고 있다. 이 또한 주님이 하신 일이다.

　하나님! 죄 많고 어리석고 교만한 이 딸을 주님의 딸로 품어 주시니, 감사합니다.

2000년 이른 봄에

팥죽

교회에서 9시 50분경에 중보기도회가 있었다. 이날 천상님 권사가 팥죽을 쑤어왔다고 한다. 예배를 마치고 기도팀들이 2층에 다 모였다. 한쪽에선 팥죽을 각자 그릇에 담고, 동치미도 그릇에 담았다.

천 권사님의 음식 솜씨가 좋은 것은 누구나 다 알고 있었다. 하지만 이렇게 맛있는 팥죽을 만드실 줄은 몰랐다. 팥죽에는 새알 옹심이도 들어있었다. 동치미도 먹기에 딱 좋게 익어서 맛이 깊고 시원했다. 맛있는 팥죽을 한 그릇씩 비운 기도 팀들의 얼굴엔 만족스러운 미소가 번졌다.

베풀기를 좋아하시는 천 권사님, 앞으로도 쭉 하나님의 복이 넘치실 겁니다.

옥순이의 화려한 외출

챕터6

살다 보면

허리 수술 하던 날

추석 명절을 앞두고 남편과 함께 쌀 20kg을 미잠리 방앗간에 가서 사왔다. 그이는 밖에 볼일을 보러 나갔다. TV를 보며 앉아 있다가 일어서려고 하는데, 발을 움직일 수가 없다. 허리가 아픈 건지, 다리가 아픈 건지 알 수가 없다.

나는 급한 마음에 작은딸에게 전화를 했다.

"엄마가 지금 허리 아파서 한 발자국도 뗄 수가 없구나."

곧바로 딸이 왔다. 나의 상태를 확인하고는 사위에게 전화를 한다. 119를 불러서 가라고 한다. 잠시 후 119 직원의 도움으로 차에 올랐다. 청주 성모병원으로 갔다.

이것저것 검사를 하고 MRI를 찍었다. 디스크 4, 5번이 터졌다고 한다. 무척 아팠을 텐데 어찌 견디셨느냐고 의사가 말한다. 하필이면 추석 연휴라, 4일 후에나 수술이 가능하다고 했다. 너무 아파서 누울 수도 걸을 수도 없다. 침대에 앉아 이불을 잔뜩 끌어안고 밤낮을 견뎌야 했다. 병실 안에 있는 화장실도 혼자서는 갈 수가 없다. 딸이 휠체어를 가져와서 휠체어의 도움으로 힘들게 다녀야만 했다.

내가 출연했던 KBS의 '도전 골든벨 100인의 도전'을 병실에서 봤다. 아파서 찡그린 얼굴로 인터뷰에 응한 것과 오빠 이야기를 웃으면서 봤다.

수술은 다행히 추석 날 했다. 허리에 나사를 6개 박았다. 수술하

옥순이의 화려한 외출

고 나니 좀 살겠다.

2018년 9월 26일

염증

2021년 1월 4일에 청주성모병원에 입원했다. 1월 8일에는 병원에 올 때보다 몸 상태가 더 안 좋아졌다. 4일에는 걸어서 들어왔는데, 8일에는 걸을 수가 없었다.

청주성모병원에서 검사를 다 했는데, 염증이 다른 사람보다 32배가 많다고 한다. 담당의사와 상의 끝에 서울아산병원으로 가기로 했다. 코로나로 인해 마음대로 병원을 옮기는 것이 불편했다.

119 구급차로 서울아산병원에 갔다. 응급실에 도착하니 11시 30분이었다. 바깥날씨도 춥지만, 응급실 또한 바깥 못지않게 추웠다. 춥다고 하니, 홑이불 한 장을 더 주었다. 담요도 아니고 덮으나 마나 춥기는 마찬가지였다.

하루 종일 검사하고 밤 11시가 되었는데, 입원실이 없다고 다른 병원으로 가라고 한다. 검사결과는 일주일 후에 오라고 한다.

어쩔 수 없이 작은 병원으로 옮겨 입원했다. 이 병원에서도 또 이것저것 검사를 했다. 일주일 후 다시 아산병원으로 갔다. 우와, 웬 사람들이 이리도 많을까. 마치 오래전에 있었던 말레이시아의 쓰나미 재난을 연상케 했다.

서울에서는 큰딸이 간병을 했다. 한 발자국도 나 혼자서는 할 수 있는 게 없었다. 화장실을 다니는 게 제일 불편했다. 앉았다가 일어서려면, 큰딸의 목을 끌어안고 힘들게 일어나야만 했다. 서울아산병원에서는 이번에도 병실이 없다고 한다. 결과는 염증이 많대서

옥순이의 화려한 외출

이렇게 아플 순 없다고 한다.

다시 청주성모병원으로 왔다. 밤이 되었다. 다음 날 신경과 의사를 만났다. 의사는 '어이, 이 어머니 또 오셨네.' 한다. 난 '선생님, 너무 아파요. 여기 통증과 있어요?' 하고 물었다. 의사는 통증과가 없다고 한다. 그리고 머리를 갸우뚱하더니, 충북대학교 류마티스 내과에 빨리 전화를 해보라고 한다.

큰딸이 전화를 했더니, 11시 30분까지 올 수 있느냐고 했다. 우리는 병실에서 보따리를 싸가지고 또다시 119 구급차를 타고 11시 30분에 병원에 들어갔다. 의사는 일단 검사를 받자며 응급실로 보냈다.

그곳에서 또 별의별 검사를 다 했다. 새벽 1시에 겨우 병실로 들어갔다. 이틀 후 염증치료에 효과를 봤다. 류마티스 담당의사도 반가워했다. 청주성모병원 신경과 의사는 내게 온 천사다. 주님은 류마티스 내과 김지현 선생님을 통하여 치료받게 하셨다. 그곳에서 7일 만에 퇴원을 했다. 지금까지도 그 약을 복용하고 있다. 염증이 그리도 무서운 병인 줄 몰랐다.

하나님께선 이 딸을 나 몰라라 버려두지 않고 또 구원해 주셨다. 주님, 감사합니다.

남편의 신장염

지금 막내아들이 54세이다. 막내를 업고 다닐 때니, 52년 전 쯤의
일이다.

남편이 열이 나고 아프다고 했다. 나는 약방에서 열 내리는 약을
사다 주었다. 그 약을 먹어도 차도가 없었다. 동네 어르신들이 죽산
한의원엘 가보라 한다.

다음 날 한의원을 찾았다. 진맥을 하더니 열병이라며 약을 지어
준다. 약탕반에 약을 달여 먹였는데, 열은 안 내리고 헛소릴 하며
더욱 증세가 심해졌다. 조카가 아프다고 했으나, 자주 오시는 고모
님도 바쁘신지 뜸하니 안 오신다. 나중에 알고 보니, 열병이란다.
그것도 모르고 고모님이 바쁘신가보다 했다.

한의원에서 오진을 해서 지어준 약은 효과가 없고 더 고생만 했
다. 윗동네 사는 사촌 시동생이 일죽에 가면 곽 의원이 있다며 가보
라고 한다. 아이를 업고 남편을 데리고 일죽 곽 의원을 찾아갔다.

의사 선생님은 진찰을 하더니, 신장염이라고 한다. 남편은 그곳
에서 11일을 입원하고 깨끗이 치료받고 퇴원을 했다. 입원비는 그
당시의 쌀 10가마 값이었다. 입원하고 있는 동안에 곽 원장님은 손
수 동치미도 가져다 주셨단다. 앞으론 병원에 오지 말라고 하신다.
퇴원하는 날엔 쌀 3말 값을 주시며 택시 타고 가라며 친절하게 말
씀하셨다. 택시비가 아까워서 우린 버스를 타고 왔다. 그해 초겨울
엔 내가 나무를 해다가 땠다.

훗날 들은 이야긴데, 곽 원장님은 서울로 이사해 3층 건물을 지어 병원을 운영 중이라고 들었다. 몇 년 후 우연한 기회에 곽 원장님이 돌아가셨다는 소식을 들었다. 이런 좋은 분들은 오래오래 사셔서 좋은 일을 더 많이 하셔야 하는데, 아까운 분이 돌아가셔서 마음이 왠지 섭섭하다.

백내장 수술 하던 날

아침 8시에 집에서 안성에 있는 안과로 출발을 했다. 여동생 옥희가 살고 있는 안성의 집 앞 마당에 주차를 해놓고 병원으로 가다가 동생을 만났다.

"언니, 어디 가?"

"응, 안과에 잠깐 다녀올게."

궁금히 여긴 동생이 병원까지 따라 왔다.

내가 수술 받는 걸 안 동생은 병원비는 물론 약값까지 냈다. 점심으로 만두를 먹었다. 그날 모든 비용을 동생이 지불했다. 동생에게 신세진 것이 미안하고 고맙기 그지없었다. 한 눈으로 운전을 못 한다면서 동생은 굳이 자기 차로 데려다 준다고 했다. 오는 길에 작은딸에게서 전화가 걸려왔다. 손 서방이 아파서 충북의대 응급실에 있으니, 내 차를 써야겠다는 거였다.

전화를 끊고 동생에게 차를 돌리게 했다. 보개면에서 다시 돌려서 내 차가 있는 곳에 왔다. 동생이 주차하는 동안에 나는 내 차를 끌고 나왔다.

동생이 바래다주면 갈 때 버스를 두 번 타고 가야 한다. 도저히 안 되겠기에, 무리인 줄 알지만 한쪽 눈으로 차를 운전하고 왔다.

광혜원 둘째 딸네 아파트 앞에서 현숙이와 간단한 짐을 싣고 정주를 향해 운전을 하고 가다가 손 서방과 통화를 했다. 다행히 응급조치를 하고 안정이 되었으니, 오지 말라고 한다. 우리는 중도에서 집으로 돌아왔다.

집에 돌아와 보니, 수도가 얼어 터져서 얼음을 깨느라 쿵쿵 하는 소리가 난다. 그냥 눕고 싶었는데, 할 수 없이 2층에 올라가보니, 난장판이다. 수도가 얼어서 터지는 바람에 방바닥이 얼음바다가 되었다.

아래층 천장에도 얼룩이 져 있었다. 설비를 불러 7만 원을 주고 수도를 고쳤다. 막내아들한테 전화를 해서 전기스토브나 뭘 좀 사오라고 했다. 잠시 후 아들이 전기제품을 사다 설치해주고 갔다. 오늘 퍼 담아낸 얼음이 양동이로 12개가 넘었단다.

이제야 오늘 일은 마무리가 되었다. 참 바쁘고 힘든 하루였다.

2021년 1월 5일

갑상선

몸이 자주 피곤했다. 동네 이 외과에 갔다. 의사 선생님이 의자에 앉아 있는 내 뒤로 가더니 목을 만져보았다. 갑상선 같다면서 큰 병원에 가서 진찰을 받아보라고 한다. 서울아산병원에 가서 진찰을 받았다. 암인 것 같다며 수술 날짜를 잡아준다. 내 나이 50대 한창 바쁘게 살 때이다.

입에서 입으로 소문이 퍼져 나갔다. 그때만 해도 지금과 같이 의술이 발전하지 않았던 때여서, 암이라 하면 거의 죽는 줄 알았다.

"박옥순이 그 고생하고 겨우 밥 먹고 살 만하니, 암에 걸렸단다."

"원래 없이 사는 사람이 밥 먹고 살 만하면, 대개 죽더라. 옥순이 불쌍해서 어쩌냐."

정작 당사자인 나는 무덤덤한데, 주위에서 이구동성으로 혀를 차며 내가 가엾다고들 한다.

수술 전날 입원하여 다음 날 수술실에 들어갔다. 천장에 둥그런 불빛이 떠있다. 나에게 '하나, 둘' 따라 세라고 한다. 하나, 둘 세다가 나는 잠이 들었다.

잠에서 깨어보니 병실이다. 다음 날 담당의사가 오시더니, 뜻밖의 말을 꺼낸다.

"참 행복한 어머니세요. 조직검사 결과 암이 아닌 것으로 판명 났습니다."

갑상선 저하증이라며 평생 약을 먹어야 한다고 했다.

옥순이의 화려한 외출

광혜원에서 서울아산병원까지는 멀다면 먼 거리다. 몇 년을 다니다가 불편해서 진천에 있는 병원으로 옮겼다. 1년 아니면 6개월에 한 번씩 피 검사를 하며 1995년부터 약을 매일 먹고 있다.

범수 보건소 가던 날

2살 된 손자 범수가 감기에 걸렸다. 삼거리에 있는 보건소가 진찰을 잘한다고 했다. 작은며느리인 경선이가 범수를 안고 뒷자리에 앉고, 내가 운전을 했다. 이런저런 얘기를 나누며 다녀오는 길이다.

동주원에 거의 다 왔는데, 차도 복판에 검은 비닐봉지가 보인다. 그냥 지나쳐 오는데 차가 껑충 뛰어 길 옆 가로수 미루나무를 들이받고 도로 옆 구렁텅이에 떨어졌다.

뒤에 탄 경선이와 범수가 걱정이 되어, "아가~ 아가~" 하며 뒤를 돌아보았다. 경선이는 범수를 안은 채 뒷좌석 공간에 엎드려있다.

잠시 후 경선이가 범수를 안고 일어났다. 범수는 다행히 괜찮고, 며느리는 가벼운 타박상을 입었다. 119의 도움으로 병원엘 갔다.

나는 가슴뼈와 코뼈를 다쳤다. 청주성모병원에서 한 달간 치료를 받고 퇴원했다. 병원에 있는 동안 차는 수리해왔다. 남편이 한 달 동안 간호해주었다.

퇴원해 오던 날, 다시 차를 운전해서 배달을 다녀왔다. 남편은 그렇게 혼이 나고도 또 차를 운전을 하느냐고 한다. 나는 밥 먹고 체했다고 다시 밥 안 먹느냐고 했다.

밥 먹고 살려면 운전을 안 할 수가 없다.

1998년의 일이다. 당시 두 살배기 범수는 지금 27세가 되었다.

챕터7

원가족 이야기

울 엄마 생각

곱게 빗은 쪽머리에 하얀 앞치마
부엌 입구 물두멍에 한가득 채우시고
뽀얀 흙 부뚜막 가마솥 물 가득히
장작 불 때어 따뜻한 물 데워 놓으셨네
식구들 세수하고 발 닦으라고

화로에 장작불 담아 삼발이 올려놓고
보글보글 청국장 구수한 냄새
군불 땐 아랫목에 둘러앉아
시원한 동치미에
총각김치 척척 얹어 고구마 먹던 생각

무심한 이 딸 그땐 몰랐네
그 끈끈한 사랑을

2019년 5월 6일

옥순이의 화려한 외출

언니의 한식

2023년 5월 5일, 이날은 24절기 중의 하나인 청명이다.

진천 조카들이 한식인 그날 제사를 올린다고 연락이 왔다. 날씨가 좋으면 산소에서 제사를 지내는데, 봄비가 그칠 기미가 보이지 않는다. 할 수 없이 집에서 제사를 드리기로 했단다.

진천 장관리 집으로 갔다. 막둥이 가은이가 부엌에서 분주하게 음식을 만들고 있었다. 제사상에 올릴 제수는 아들 영권이가 모두 준비해 가지고 왔단다. 큰딸은 부천에서 버스를 타고 온다고 한다. 운전을 하는데, 편하게 온다고 버스로 오는 모양이다. 그런데 전국적으로 비가 내려서 그런지, 도착시간보다 좀 늦게 왔다. 둘째 상숙이는 일이 있어서 못 오고, 큰딸만 혼자서 왔다.

제사를 지내고 점심을 먹었다. 이모인 나를 어른 대접해주느라, 이것저것 음식을 내 앞으로 옮겨 놓는다. 오랜만에 만난 조카들과 얘기를 나누며 맛나게 먹었다. 안성 옥희도 왔으면 더 좋았을걸. 얼굴을 못 보니 마음 한쪽이 허전했다.

가은이가 옛날 언니 집에 와서 살면서 새집을 만들어 놓았다. 담장부터 바꿔놓았고, 어두컴컴했던 옛날 집을 페인트로 칠하고 치울 건 다 치워서 아기자기하게 꾸며 놨다. 뜨개질 솜씨도 있어서 커튼, 테이블덮개, 장식용 등 실내 분위기를 완전히 바꾸어 놓았다.

심지어는 아버지가 타던 자전거도 색칠해서 장식해놓았다. 문 앞에 있는 샘가 언저리도 분홍색으로 환하게 칠했다. 1년을 쉬더니

가겟방을 인수해서 새로운 꿈을 키우고 있다. 가은이는 무엇을 해도 잘할 것이라 믿어 의심치 않는다. 마음의 상처가 있는 아이인데, 딸아이와 무언가 열심히 하는 모습이 보기 좋았다. 내가 보기엔 늘 씩씩해 보였다. 감사했고, 마음이 놓였다.

내가 가야겠다고 나오니까, 큰 조카딸이 따라 나오며 내게 봉투를 건네준다. 건강하게 잘 지내라는 인사와 함께. 난 조카들 보러 가는데, 빈손이 미안해서 직접 짠 들기름을 작은 병으로 한 병씩 챙겨주었다. 늘 건강해서 내년에 또 만나길 기대해본다.

옥순이의 화려한 외출

내 아버지

유년 시절의 내 기억 속에 각인된 아버지는 무서운 분이었다. 어머니는 별로 말이 없으신 조용한 분이셨다. 내가 자라면서 생각해 보니, 큰딸(큰언니)은 결혼은 했지만 잘 살지는 못한 것 같다. 둘째 딸(둘째 언니)은 결혼해서 아들 두 명과 딸 네 명을 두었다. 셋째 딸(셋째 언니)은 참 예뻤다. 그 옛날 어쩌다 연애를 했나 보다. 그 사실을 아버지가 아시고는 집안을 발칵 뒤집어 놓으셨다.

어머니는 그런 상황이 얼마나 무서웠던지, "매일 이렇게 혼나면서 어떻게 사느냐"시며 "차라리 약을 먹고 우리 모두 죽자"고 하셨다. 그러면서 약을 나누어 주셨다.

나는 약 먹는 것도 무서워 엄마 몰래 자리 밑에다 숨겼다. 어머니는 약을 드시고 다 토하셨다. 언니는 약을 먹고는 토하지 않고 방바닥에 쓰러졌다.

나는 무서워서 이웃집 아저씨한테 알렸고, 아저씨는 언니를 등에 업고 개울건너 병원으로 뛰셨다. 그러나 언니는 끝내 저세상으로 갔다. 꽃다운 나이 20세였다. 나는 15세였다.

요즘 시대엔 연애를 못 해서 걱정인데, 64년 전엔 왜 그리도 연애하는 것이 부끄러운 일이었을까. 그렇게 살다 보니, 집안 식구들은 늘 아버지의 눈치를 보면서 살았다. 아들 없이 딸만 둔 것이 어머니의 잘못은 아닐진대, 어머니는 죄인처럼 그렇게 사셨다.

아버지는 술을 자주 드셨다. 저녁이면 아버지는 주먹으로 방바닥을 치시며 '아부지, 아부지, 저는 이제 박가라는 성을 짊어지고 갑니다.' 하시며 우시곤 하셨다.

여동생과 나는 늘 아버지의 눈치를 살펴야 했다. 왜 그렇게 아들에게 집착을 하시는지 그때는 이해를 못 했다.

아버지는 오촌에게 양자로 오셨다. 내가 나이를 먹고 결혼을 한후, 비로소 아버지의 마음을 이해하게 되었다. 명절이면 옆집은 자손이 많이 와서 떠들썩한데, 우리 집은 명절이면 더 조심스러웠다.

아버지, 죄송해요. 얼마나 마음이 허전하고 외로우셨으면, 그리하셨을까. 그 좋아하시던 약주 한번 제대로 대접해드리지 못했네요. 살림이 아무리 어려웠어도 고기 한 근에 막걸리 한 주전자였으면, 잠시라도 아버지의 시름을 달래드릴 수 있었을 텐데…. 훗날 아버지와 연이 되어 다시 부녀 사이로 만난다면, 그땐 좋은 약주에 불고기 안주해서 드릴게요.

못난 딸 옥순 드림

옥순이의 화려한 외출

아버지의 하루

아버지는 사방공사 십장이었다. 헐벗은 산에 묘목을 심고 잔디를 입히는 일이다. 아버지는 먼 곳으로 가서 일주일 또는 열흘씩도 계시다가 오셨다. 어린 시절, 나는 죽을 먹거나 꽁보리밥을 먹은 기억은 없다. 그렇다고 호의호식하며 잘산 것도 아니다.

공사가 없는 겨울에는 아침 일찍 가까운 산에 가서 고주박을 한 짐 해 오시셔서 마당에 쏟아 놓으신다. 아버지가 나무 한 짐을 해 오시면, 어머니는 막걸리 한 잔을 따뜻하게 데워서 아버지가 잡아온 미꾸라지를 뚝배기에 자작자작하게 지져서 안주로 내어드린다. 별로 말씀이 없는 아버지는 "술이 남아 있었수?" 하시면서, 술대접을 들어서 단숨에 들이키신다. 무척 목이 마르셨나 보다.

산에서 해 오신 나무를 아버지가 땔감으로 쓰기 좋게 도끼로 쪼개어 놓으면, 어머니는 삼태기에 담아 추녀 안뜰에 차곡차곡 쌓아 놓는다. 쌓아놓은 땔감나무가 어찌나 가지런하고 예쁘던지, 꺼내서 불을 때기가 아까울 정도다.

할 일이 없는 겨울철이면, 아버지는 아침식사를 하시고 개울 건너 가겟방 김호준 씨 댁이나 차부 가겟방 주영찬 씨 댁으로 마실을 나가신다. 그곳에서 하루 종일 시간을 보내시는 것이다. 붉게 물든 해가 서산마루에 걸려있을 즈음이면, 아버지도 붉게 물든 얼굴로 집에 돌아오신다.

어린 시절의 아버지를 추억하며

나의 어머니

어머니. 나의 어머니. 이름만 불러도, 생각만 해도 가슴이 찡하고 울컥 올라오는 느낌이 있다.

나의 어머니는 참으로 예쁘고 얌전하고 조용하셨다. 전형적인 한국의 여인상이라고 할까. 내 친구들과 동네 어른들의 눈에도 나의 어머니는 그렇게 비쳐졌다. 딸들인 우리들도 어머니를 그렇게 기억한다.

어머니는 딸 5명에 아들 3명을 낳으셨다. 그런데 아들 둘은 홍역으로 잃고, 하나 남은 아들마저 6.25 때 의용군으로 끌려가서 지금까지 소식이 없다. 그 후 아버지는 술만 드셨고, 세 아들을 잃은 어머니는 죄인처럼 사셨다.

오빠가 나이 20세에 의용군으로 가시고 난 후부터, 어머니는 밥을 할 때면 오빠 밥그릇에 밥을 담아 부뚜막 밥솥 뒤에 차려놓으셨다. 어디에 있든지 배곯지 말라는 어머니의 기원이었다.

비가 오는 어느 날, 어머니는 바느질을 하시면서 흥얼거리신다. 나는 바짝 다가가 어머니의 노랫소리에 귀를 기울였다.

"석탄 백탄 타는 덴 연기는 펄펄 나구요. 이내 가슴 타는 덴 연기도 김두 아니 나네."

그러면서 눈물을 훔치시던 어머니. 졸지에 세 자식을 저세상으로 떠나보낸 어머니는 좋은 걸 보아도 예쁜 걸 보아도 좋은 줄 모르고 그렇게 한평생을 사셨다.

옥순이의 화려한 외출

그러던 어느 날 어머니는 "애, 나는 배에 딱딱한 멍우리가 있다"고 하셨다. 누구는 화병이라고 하고, 누구는 속앓이라고도 했다.

　결국 서울 큰 병원에서 대장암 진단을 받으시고 수술을 하셨다. 수술 후 한 달 정도 되었을 때, 저녁을 잡수시고는 배가 아프다고 하신다. 소화제를 드시고 내 품에 안기운 채 운명하셨다. 방금 전 식사하시고 이야기도 하셨는데, 어찌 이렇게 허무한 일이 있을까? 믿어지지 않았다.

　조건 없는 사랑으로 남편을 공경하고 자식들을 위해 헌신하며 살아오신 울 어머니는 그렇게 67세의 일기로 내 곁을 떠나셨다. 그 일이 엊그제 같은데, 어느새 49년이라는 긴 세월이 흘렀다.

　어머니! 지금은 아들 걱정도 육신의 아픔도 다 잊으시고 평안히 계시죠? 조금 더 있다가 이 딸이 어머니 뵈러 갈게요. 그때 봐요. 어머니. 사랑합니다.

2023년 음력 3월 29일 어머니가 나를 낳으신 날에

딸 옥순이가

하나뿐인 내 동생 박옥희

내 동생 옥희에 대해선 할 말이 너무 많다. 무슨 얘기부터 할까?

결혼 이야기부터 하자. 내가 처음 부모님 곁을 떠나 살림을 시작한 곳은 두교리 개좌마을이었다. 그 마을에 살면서 윤씨네 가정에 내가 옥희를 소개했다.

당시 그 댁은 시조부모님과 홀시어머니, 시누이 둘이 있었다. 시누이 둘은 출가를 했고, 그때 검정 교복을 입은 학생이 몇 년 후에 동생의 남편이 되었다.

시아버지께서는 6.25때 돌아가셨고, 시어머니는 시부모님을 모시고 3남매를 키우셨다. 내가 보기에 먹고 사는 데 걱정은 없을 것 같았다. 좀 무서워 보이는 할아버지와 새침한 할머니, 싹싹해 보이는 시어머니에 그저 착해 보이는 청년이기에 소개를 했다. 만나보고 서로 호감이 갔던지 결혼을 했다.

결혼을 하고 3일 신행을 다녀온 후 제부는 죽산에 있는 농협으로 출근을 했다. 살림은 시어머니가 주도했고, 옥희는 3남매를 낳았다. 옥희가 셋째 아이를 가졌을 때는 신 과일을 좋아해 옆집에 익지도 않은 자두와 시고 떫은 과일 한 바가지를 따다가 먹었단다.

옥희는 여자의 몸으로 젖소도 키우며 경운기를 몰고 소 풀을 베어다 먹였다. 그러더니 안성으로 이사를 하고 2층에다 방을 몇 개 만들어서 하숙할 학생들을 받았다. 3남매 아이들도 다 장성해서 결혼까지 마쳤다. 남부럽지 않게 사는 줄 알았는데, 훗날 들어보니 착

옥순이의 화려한 외출

해보였던 제부도 골진 데가 있었나보다. 그런데도 언니인 내가 알면 속 상해할까 봐 한 마디 말도 못하고 잘 살아주었다.

그러던 어느 날 대상포진이 머리로 와서 많은 고생을 했다. 그리고는 우울증까지 와서 몇 년을 고생을 했다. 이젠 잠잠한가 했더니, 대전에 사는 큰아들 지훈이가 뇌경색으로 쓰러졌다는 소식이 왔다.

지훈이는 어려서부터 착하고 공부도 잘했다. 공주사대를 나와 고등학교 수학 선생으로 재직하고 있었다. 안식구는 주택공사에서 근무를 했고, 두 아들을 낳아 행복한 가정을 꾸리고 있었다. 그런 가정의 가장인 지훈이가 쓰러진 것이다. 부모는 부모대로 형제는 형제대로 걱정이 말이 아니었다. 그 일이 벌써 3년째가 되는 것 같다.

막내 정덕이는 안성에서 대전까지 퇴근 후 3개월간 형의 병문안을 다녔단다. 형 얼굴을 안 보면 잠을 못 잘 것 같아 지극정성을 다한 것이다. 형제 간의 우애가 말로 표현이 안 된다.

그런 과정에서도 세월은 흘러갔다. 아이들도 충격이지만 제일 힘이 드는 건 지훈이 안식구일 것이다. 그럼에도 불구하고 지훈이 안식구가 '어머니, 더 이상 기대하지 마세요. 아범이 이만한 것만으로도 얼마나 다행이에요'라고 말했다니, 진심으로 고마웠다.

조카딸 지혜는 수원에 살기에 자주 만나지는 못하지만, 부모님 걱정, 오빠 걱정이 많을 것이다. 막내 정덕이가 가까이 있고, 며느리 나윤이가 살가워서 다행이다.

내 동생 옥희도 더 이상 자식 걱정 하지 말고, 저 자신을 돌보면 좋겠다. 자식은 자식들의 몫이니 어쩌겠나. 별로 말이 없는 제부도 눈이 안 좋고 허리도 안 좋은 걸 보니, 마음이 짠하다. 남자라 내색은 안 하지만 지훈이 생각에 얼마나 속을 끓였으면 몸이 저렇게 야위었겠는가.

보는 내 마음이 이리 아픈데, 안식구인 옥희 너는 걱정이 더 많겠지. 이제는 두 사람 건강관리 잘하는 게 아이들 도와주는 거여. 그리 알고 몸 관리 잘하자꾸나.

2021년 1월 6일

안성 옥희네 집에 다녀온 후

옥순이의 화려한 외출

내 동생 옥희에게

옥희야, 네가 내 동생이어서 정말 고맙고 감사하구나.

어느새 70이란 나이가 되었네. 요즘 100세 인생이라고 한다지만, 우리 이 나이도 결코 젊은 나이는 아닌 것 같다. 누구보다도 열심히 노력해서 여기까지 달려오느라, 고생 많았어.

내 동생 옥희야. 나는 항상 네가 자랑스러웠다. 주부로서 살림도 잘 꾸려왔고, 조카들도 잘 키웠고. 물론 가족생활 하다보면 이런저런 속상한 일도 생기게 마련이지. 허나 걱정거리 없는 가정이 어디 있겠어. 그 정도면 충분히 잘 살아왔어.

이제는 네 건강 챙기며 살았으면 좋겠다. 부모가 건강해야 자식들 도와주는 거라고 하더라. 제부 윤건용 보살피며 건강하게 잘 살아 주렴.

옥희야, 사랑하고 축복한다. 아주 많이~~

2021년 9월 3일 저녁에 박옥순

친정 부모님의 유해 화장하던 날

부모님의 유골을 화장하기로 했다. 아들 없는 친정 부모님 산소를 우리 세 자매가 살아 있을 동안에 어떻게든 금초를 하겠지만, 우리가 늙어 못 하게 되면 손자들에게 짐이 될까 봐서다.

인부 2명을 사고 짚 새끼 두 뭉치와 석유 5되를 샀다. 두 분을 모신 산소는 문백면 산골짜기에 있다. 먼저 포 하나와 술 한 잔으로 산 제사를 지냈다. 벌써 20여 년 전 이야기다.

아버지의 묘지를 파 보니, 다리뼈로 보이는 가느다란 뼈가 남아 있다. 어머니의 묘지에선 쪽머리만 보였다. 짚 새끼 뭉치에 석유를 뿌리고 뭉치 위에 뼈와 쪽머리를 올려서 태웠다. 타지 않은 뼈는 돌을 이용해 빻아서 재와 함께 산에 뿌렸다. 윤달이 드는 해에 치른 예식이었다. 언니가 손수 만든 약주를 마지막으로 부모님께 올려드렸다.

일을 마치고 나니, 중요한 숙제를 했다는 생각이 들었다. 술을 한잔하다 보니, 나의 결혼생활을 둘러싸고 만감이 교차했다. 나는 내 부모님을 모시고 산다고 해서 남편과 결혼했다. 남편에게 속았구나 하는 생각이 늘 있었지만, 사는 것이 바빠 말 한 마디도 못하고 살았다. 그런 생각을 하게 되자, 자꾸 술이 들어갔다. 돌아오는 차 안에서 내가 '나쁜 놈, 나쁜 놈' 하며 서럽게 울었다고 한다.

훗날 생각해보니, 맨 정신으로는 못한 말을 술의 힘을 빌려 남편에게 퍼부었던 듯싶다. 하지만 그날 술주정했던 걸 후회하진 않는

옥순이의 화려한 외출

다. 내가 평소에 하고 싶었던 말이었으니까. 나는 그저 할 말을 했을 뿐이다.

둘째 언니

나와 둘째 언니는 7살 터울이다. 천안 방면 덕성리 마을로 시집을 갔다. 남편의 심성은 순박했으나, 맺고 끊는 것이 없었고 술을 좋아했다. 언니는 딸 4명, 아들 2명을 두었다.

진천으로 살림을 나왔다. 사돈어른이 살림 밑천 하라고 송아지 한 마리를 주셨다. 얼마 못 가서 그 송아지를 팔아먹었다. 사돈어른께서는 또 송아지 한 마리를 주셨다. 이 송아지도 몇 달 못 가서 없어졌다. 고생 모르고 부모님 밑에서 살았으니, 늘 그렇게 살 줄 알았나 보다.

언니는 집안일을 하며 틈틈이 남의 일도 다니며 억척스럽게 살았다. 가을이면 농사지은 곡식이며 채소를 읍내 장에 내다 팔았다. 쌀쌀한 날씨에 시장에서 떨며 일하고도 짜장면 한 그릇 안 사먹고 허기진 배를 움켜잡고 집에 온다. 그렇게 해서 번 돈을 농협에 적금을 들고 있었다. 그런 언니가 76세에 췌장암을 앓았다. 그렇게 병마와 싸우면서도 남편 밥 걱정을 했다. 자신은 돌보지 않고 자식 뒷바라지와 가족 걱정만 하다가 77세에 돌아가셨다.

한국의 많은 어머니들이 이렇게 헌신하며 근검절약을 해왔기에, 우리나라가 잘살게 되었다고 생각한다. 이제는 어머니들도 자기 자신을 돌보면서 살았으면 참 좋겠다.

어느 날 둘째 언니를 생각하며

옥순이의 화려한 외출

삶의 뒤안길

느티나무

우리 동네 마을회관 앞에는 수령이 378년 되는 느티나무가 있다. 1982년 군에서 보호수로 지정할 때의 나이가 337년으로 기록돼있다.

참 고마운 나무다. 여름이면 오가는 사람 모두가 잠시 쉬었다 간다. 할머니 할아버지도, 젊은이도 학생도. 젊은이나 학생들은 시원한 느티나무 아래 앉아서 휴대폰을 들여다보거나 통화를 한다. 보행 유모차를 끌고 나온 할머니는 '아이고, 죽겠다' 하며 앉아서 쉰다. 담배를 피우는 사람은 그늘에 앉아 담배 한 대를 피우고 간다. 느티나무는 사람을 차별하지 않고 남녀노소 모두에게 자리를 허용해준다.

찬 서리가 내리는 가을이 되면, 땅에 잎을 모두 떨군 느티나무는 '추우니 어서 집에 가라'고 찬바람을 동원해 매섭게 등을 떠민다. 바닥에 떨어진 낙엽들은 오고 가는 사람들의 발에 치이고 밟히어 흉한 몰골로 천대를 받는다.

그 모습이 너무 짠해서 우리 동네 어르신들은 100리터짜리 재활용 비닐봉지에 차곡차곡 낙엽들을 쓸어 모아 발로 밟아가며 담아서 청소차에 실어 떠나보낸다. 추운 겨울이 지나 봄이 오면, 느티나무는 다시 새 잎을 틔우고 무성한 나무그늘을 만들어 우리에게 똑같은 사랑을 내어준다.

자연은 누가 시키지 않아도 늘 그러했던 것처럼, 우리에게 섬을

옥순이의 화려한 외출

내어주고 위로를 건네며 무한 사랑을 제공해준다.

느티나무야! 너의 몸 군데군데 난 상처를 시멘트로 싸매고 있으면서도 늘 그렇게 넉넉한 사랑을 베풀어주어 고맙구나. 그동안 너에 대한 고마움을 미처 알아주지 못해서 미안했다. 앞으로도 백 년, 천 년 영원히 잘 살아주렴.

무서운 수탉

결혼한 작은 딸이 초등학교 앞에 살 때의 이야기이다.

남편은 딸네 집을 가끔씩 둘러본다. 한번은 딸네 집엘 갔는데, 빨강색 볏 때문에 공격적으로 보이는 앞집 수탉이 꼬꼬댁 하며 목에 털을 바짝 세우고 남편한테로 뛰어오더란다. 껑충껑충 큰 수탉이 달려오니까, 어른인 남편도 무섭더란다.

이대로 그냥 놔두면 손자, 손녀한테 해코지를 할까 봐, 당신도 모르는 사이에 작대기로 수탉을 때려잡았다. 그리고는 닭을 주인에게 안 주고 집 근처 구렁텅이에 던져 버렸단다.

세월이 한참 지난 후 친한 이웃에게 그 얘기를 꺼냈던 모양이다. 그러자 "아깝게 해먹지, 그걸 왜 버렸냐."고 하더란다. 남편은 "남의 것을 어떻게 해 먹느냐."고 대답했다고.

얼마 후 그 얘기를 듣고는 주인에게 닭 값을 물어주었어야 한다는 생각이 들었다. 닭 얘기가 나오면, 옛날에 내가 그랬다고 얘기를 한다. 지금은 어디에 사는지 알 수가 없다. 그때 생각하면 지금도 미안한 마음이 든다.

잘못한 건 쉬이 잊히질 않는다. 그 사람을 만나면 미안하다고 말한 뒤 한 오만 원을 건네 드리고 싶다.

학교 운동장

새벽에 학교 운동장 여섯 바퀴를 돌았다. 오는 길에 쓰레기를 들고 나왔다. 어제 저녁에 누군가가 운동장에서 치킨과 맥주를 먹고 그대로 두고 갔다. 운동을 할 수 있는 자리가 있다는 사실이 참으로 고마운데, 쓰레기를 두고 갔으니 보기에 안 좋았다.

아침을 먹고 2층에서 김장 때 쓸 고추를 다듬고 있는데, 남편이 올라와 귀에 거슬리는 말을 한다. 더 이상 일할 기분이 아니다.

일손을 놓고 공단을 한 바퀴 걸었다. 그리고 아무 일도 없었던 것처럼 작은아들 가게에 들러 커피 한 잔을 마시고 나왔다. 그래도 마음은 편치 않았다. 점심을 먹는 둥 마는 둥 하고 주유소에 가서 차에 주유를 하고 세차까지 했다.

그런데 갈 곳이 없다. 나온 김에 천안 방면에 있는 언니 산소를 찾아갔다. 산소에 오르는데, 억새풀이 길을 막아 중간쯤에서 내려왔다. 돌아오는 길에 사석 석박마을에 사는 친구에게 전화를 했다.

마침 친구는 집에 있었다. '더 쉼터'라는 찻집에서 대추차 한 잔씩을 마시며 이런저런 푸념을 하고 돌아왔다. 어디를 가서 누구를 만나도 마음은 하루 종일 먹구름이었다.

2020년 9월 6일

노인회 규칙

오후에 교우로부터 어떤 소식을 전해 들었다. 이번 여름에 남편을 떠나보낸 정춘례 씨가 동네 분들에게 고맙다는 뜻으로 노인회에 50만 원을 내놓으셨다. 원래 노인회 규칙에는 돈이 들어오면, 남자 노인회와 여자 노인회에 반씩 나누기로 되어있다.

그런데 이번에는 남자 노인회장님이 바뀌면서 회장님 재량으로 여자 노인회 회원 수가 더 많으니, 여자 노인회 35만 원, 남자 노인회 15만 원으로 나누자고 했다. 그런데 규칙은 그게 아니다. 틀린 말이 아니니까, 총무한테 남자 쪽에 10만 원 더 주라고 했다. 당연한 일이라고 생각은 하면서도 막상 기분은 좀 그랬다.

다음부터는 무조건 반씩이다.

2022년 12월 27일

옥순이의 화려한 외출

김치 서리

옛날 시골에서는 겨울 한철이 농한기이다.

우리 동네에서는 엄마들이 장구를 배운다고 겨우내 마실 방에서 장단도 안 맞는 '쿵 따당 쿵 땅'을 밤늦은 시간까지 이어갔다. 이 엄마가 쿵 따당, 저 엄마가 쿵 따당 그 솜씨가 그 솜씨였다.

밤이 깊으면 '밥 훔쳐 먹기' 내기를 한다. 화투를 쳐서 패한 쪽이 밥을 훔쳐오면, 이긴 편이 양푼에다 콩나물·묵나물·들기름·김치·고추장 한 숟가락을 넣고 쓱쓱 비벼서 맛있게 먹고는 헤어진다.

다음 날 저녁이 되면 궁금해서 아이를 업고 또 마실 방에 간다. 아이는 징징거리지도 않고 방 한 귀퉁이에서 새근새근 잠을 잘 잔다. 엄마들의 입에서 다시 먹는 이야기가 나온다. 오늘은 우리 옆집 김치를 훔쳐다가 먹자고 한다. 시골엔 싸리문이 없는 집도 많았다. 옛날엔 김치를 보관하는 냉장고가 없었기에, 마당가에 김치 광을 만들었다. 김치항아리를 땅에 묻고 짚으로 지붕을 만들어 놓는다.

지금 생각해도 땅에 묻은 김장김치는 양념을 많이 안 해도 정말 맛이 있었다. 옆집으로 엄마들 둘이 김치를 훔치러 가고, 나는 밖에서 누가 오나 망을 보고 있었다. 다행히 아무도 모르게 김치를 갖고 나왔다.

그날 밤엔 훔쳐온 김치 대가리를 잘라내고, 쭉쭉 찢어서 밥숟가락에 척척 얹어서 먹었다.

다음 날 아침에 보니, 쌓인 눈 위로 빨간 김치 국물이 뚝뚝 떨어

져 있었다. 당시의 시골인심은 그러려니 하고 대개 웃어 넘겨주었
다. 부족한 것이 많아 불편하기도 했지만, 20대의 그 시절이 종종
그립다.

옥순이의 화려한 외출

노인복지관

2022년부터 노인복지관에서 이뤄지는 한문 수업에 참석하고 있다.

진천군노인회 박승구 회장님과 사무장님을 비롯한 사무실 직원 모두가 자상함과 친절함이 몸에 밴 분들이다. 이종욱 복지관 관장님 역시 겸손하시며 노인들에게 늘 친절하시다.

관장님이 우연한 기회에 한문 선생님을 추천해 달라고 하셨다. 나는 두말할 것도 없이 평생학습원 박형숙 선생님을 추천했다. 선생님께 노인복지관 얘기를 하고 선생님은 인터넷으로 절차를 밟았다.

그곳에서 선생님을 다시 뵙게 되니, 더욱 반가웠다. 매주 금요일 10시에 우리는 수업을 받는다. 사자성어를 배운다. 이곳 학생들은 연세가 거의 90세를 바라보는 분들이다. 인간적으로 배울 점이 많다.

반장님은 수업시간에 늘 1등으로 오신다. 나는 네 번째로 도착한다. 9시~10쯤에 점심 식권을 천 원에 구매한다. 수업이 끝나면 노인복지관 지하식당으로 간다. 작은 우유 한 팩, 된장국에 맛있는 반찬 3가지, 밥 한 주걱을 천 원 내고 먹기가 미안하다. 상냥한 영양사는 맛있게 드시라며 일일이 인사를 한다. 이만하면 말 그대로 생거진천에 살 만하지 않은가.

2023년 어느 봄날에

나는 광혜원이 참 좋다

내가 태어나 뛰고 자란
광혜원 바들말 새짜리 내 고향.
비도 눈도 적당히 내려주는,
하나님의 사랑이 있는 곳.

면 소재지이지만
교통도 크게 불편하지도 않은 곳.
서울 부산 가려 해도 어렵지 않네.

무엇보다 인심이 좋아
나누어 먹기를 좋아하는 사람들이 많은 곳.
그래서 나는 광혜원이 좋다.

몇 년 후엔 기차역도 생길 거라 한다.
작은 바람이 있다면,
댓골 저수지 둘레에
올레길이 생겼으면 하는 것이다.

옥순이의 화려한 외출

카톡

　요즘엔 너 나 할 것 없이 휴대전화기가 있어서, 뭔가 궁금하고 누군가가 보고플 때 위안을 받는다. 옛날엔 편지로 안부를 묻고 궁금함을 해결했다.

　나는 사는 데 치여서 애달프게 기다리거나 그리워 할 새도 없이 세월을 보냈다. 지금 생각해 보면, 재미도 흥미도 모르고 '참 바보처럼 살았군요'라는 노래가사가 내가 살아온 날들을 대변해주는 것 같다. 어떤 꿈도 희망도 없는, 그냥 살았던 나의 철없던 어린 시절이었다.

　그 무렵 시골에서는 서울로 돈 벌러 간다며 너도 나도 서울로 갔다. 나는 그런 생각도 못 해봤다. 그저 부모님 안에서 사는 것이 지당한 일인 줄 알았다. 세월이 흘러 남들이 하고 사는 것을 흉내라도 내는 것처럼, 시집가서 아이를 낳고 여러모로 부족한 게 많았지만, 최선을 다해 그렇게 살아왔다.

　그런 내가 지금은 친구들이랑 심심풀이 땅콩처럼 카톡을 들여다보면서 답장도 하고 묻기도 하며 대답도 한다. 먼 외국에서도 얼굴을 보며 이야기하는 세상에서 살고 있다니. 시절 참 좋아졌다.

　카톡과 영상통화가 언제라도 가능하니, 좋은 일 아닌가. 어른들 말처럼 오래 살고 볼 일이다. 카톡이 안 오면 '이 친구 어디 갔나?' 은근히 기다려진다.

　오늘도 내일도 톡은 계속 이어질 것이다.

우리 동네에 전깃불이 들어왔어요

밤이면 누가 옆에 있어도 모를 정도로 캄캄하니 안 보인다. 밝은 달빛이 비추어 주지 않으면 완전히 암흑이다. 여름밤엔 반딧불이 유일한 불빛이다.

이런 우리 마을에도 전깃불이 들어온단다. 우리 마을에서는 부잣집은 다른 집보다 돈을 조금 더 내고, 보통 집들은 동일한 금액을 한전에 지불하기로 했다. 얼마 후에 한전 직원들이 동네 이 구석, 저 구석에 전봇대를 세우고 전깃줄을 늘여 주었다.

공사를 시작하고 몇 달 후 드디어 불이 들어왔다. 등잔불에서 전깃불로 바뀐 것이다. 우와, 어찌나 밝은지 탄성이 절로 나왔다. 낮보다 더 밝은 느낌이었다. 캄캄한 부엌도 침침한 화장실도 정말 밝아졌다. 화장실이 너무 환하니까, 누가 들여다보는 것 같아 옷을 내리기가 조심스러웠다.

나중에 들은 얘기다. 이웃집 할머니는 전기세가 많이 나올까 봐, 밤에도 불을 켜지 않고 캄캄하게 지내셨다고 한다. 이곳 시골 죽산면 두교리 개좌부락까지 전깃불이 들어오다니. 이 또한 새마을운동 덕분인가 보다.

"새벽종이 울렸네. 새아침이 밝았네."

"우리도 한번 잘살아보세."

새마을운동의 주인공인 박정희 대통령님, 고맙습니다.

옥순이의 화려한 외출

세탁기

우리 집 세탁기는 오래된 엘지 통돌이 세탁기다. 몇 년을 썼는지는 기억이 잘 나지 않는다. 세탁기가 빨래를 넣고 돌리면 잘 돌다가 30여 분쯤 시간이 남아 있으면 쿵쿵 하면서 다시 시간이 55분으로 돌아간다.

서비스센터에 전화를 했더니, 하루 지나서 기사가 왔다. 기사분이 하는 말이 세탁기 속 부품 2가지를 바꾸면 될 거 같은데, 꼭 된다고 장담은 못 한다. 세탁기를 바꾸라고 하는 건지 고쳐서 써보라는 건지, 잠시 머리가 복잡해졌다. 일단은 고쳐보고 안 되면 바꾸겠다고 했다.

기사는 오늘은 그냥 가고 내일 오겠다고 한다. 다음 날 기사가 한 사람을 데리고 둘이서 왔다. 세탁기를 거실에 꺼내놓고 부품을 바꿔 끼우고 제자리에 자리 잡아 놓았다. 빨래를 넣고 세탁기를 가동시켰다. 다행히 세탁기는 잘 돌아갔다.

세탁기 수리비 16,900원이 나왔다. 차도 이상이 있는 것 같아서 카센터에 갔더니, 이것저것 만지고는 192,000원을 내라고 한다. 얼마 들어있지 않은 내 통장에 지출이 너무 많이 발생했다.

2022년 12월 7일에

칠장사

경기도 안성시 죽산면 칠장리 산직마을에는 오래된 칠장사라는 절이 있다.

나는 칠장사의 유래를 정확히 모른다. 뒷산 봉우리가 7개가 있어 칠장사라고 했다는 사람도 있고, 누구는 이 절이 7번째로 생겨 붙여진 이름이라고도 한다. 기회가 되면 주지스님을 만나서 한번 물어봐야겠다.

옛날 그 유명한 임꺽정이 와서 잠시 머물렀었다고 전해진다. 그런가 하면 암행어사 박문수가 '나한전'에서 잠을 자다가 꿈에 시험 문제를 보고는 장원급제를 했다는 이야기들이 남아있다.

나는 광혜원 초등학교 시절 6년 동안, 봄가을 소풍을 무조건 칠장사로 갔다. 12회를 간 셈이다. 칠장사까지의 거리가 7km는 될 것이다. 왕복 14km를 뛰다 걷다 하며 힘든 줄도 모르고 다녔다. 칠장사 가기 전 산 기슭에 '뒤주항아리'라고 하는 그곳에는 돌로 만든 항아리가 14개 정도 있었다. 그것이 보이면 다 왔다고 생각한다.

절에 들어가는 첫 관문인 천왕문에 들어서면, 무서운 형상을 한 사천왕상(불상이라고 해야 하나?)이 큰 칼을 들고 눈은 툭 불거져 나온 모습으로 한 발로는 질끈 사람을 밟고 서 있다. 그 모습은 지금 상상해도 무섭다.

대웅전 앞뜰에는 오래된 향나무가 있고, 옆으로는 흰 꽃이 흐드러지게 피는 불두화 꽃나무가 있다. 옆 약수터에 가는 길에는 큰 단

옥순이의 화려한 외출

풍나무 몇 그루가 있다. 가을이면 빨강색으로 물들어 단풍나무의 묘미를 더해주었다.

그 위로 조금 올라가면 어사 박문수가 꿈을 꾸었다는 나한전이 있다. 아이를 못 낳는 분은 그곳에 와서 백일기도를 하고, 시험을 치르는 학생들은 그곳에 와서 공부를 하며 불공을 드린다고 한다.

칠장사 뒷산에는 대나무 조리대가 많다. 이웃동네 극락마을과 신대마을 분들은 대나무를 베어 쌀 씻을 때 쓰는 조리를 만들어 판매를 했다. 요즘엔 방앗간 기계가 좋아 쌀에 돌이 없으니, 조리 쓸 일이 없어졌다.

세월이 흘러 내가 소풍 다녔던 곳으로 내 자녀들이 소풍을 다녔다. 지금도 그날의 일들이 주마등처럼 스쳐 지나간다. 그렇게 세월은 흘러 내 나이는 팔순 문턱에 다다랐다.

마스크 대란

요즈음 코로나19 바이러스 때문에 마스크 대란이 한창이다. 7시 30분에 집 앞 우체국엘 갔더니, 내가 13번째로 줄을 서게 되었다. 두 시간을 기다려 9시 30분에 마스크 1장을 1,500원을 주고 사왔다.

집에 와서 아침 겸 해서 사과 1개를 사서 먹고 있는데, 핸드폰에 문자가 왔다. 농협 공단에서 400명한테 마스크 5장을 11시에 나눠 준다는 문자였다. 반가운 마음에 이웃집 아주머니와 운동 삼아 가자며 걸어서 갔다.

도착해보니 벌써 많은 사람들이 두 줄로 서있다. 코로나 때문에 못 보던 얼굴들도 그곳에서 많이 만났다. 그곳 번호는 163번이다. 운동 삼아 걸어온 것이 잘못된 생각이었다. 그곳에서 몸이 불편한 동네 어르신들을 만났다. 죄스러운 생각이 들었다. 차를 가지고 왔으면 좋았을걸. 속히 코로나가 떠나가길 기도해 본다.

2020년 3월 6일

옥순이의 화려한 외출

사전연명의료의향서 등록증

    늙어서 병원에 갔을 때 산소 호흡기를 끼고 누가 오는지 가는지도 모른 채 숨만 헐떡헐떡 쉬는 것은 살아있으나 살아있는 게 아니다.

    그래서 우리 부부는 연명치료 거부권을 행사하기 위해 2019년도 10월 17일에 증명서를 작성했다. 이 증명서를 작성하고 나니, 숙제를 한 것처럼 후련했다.

    이후 경로당에 가서 나는 이렇게 했다고 자랑삼아 이야기를 했다. 동네 어르신들은 하고 싶어도 어디에서 어떻게 하는 건지를 몰라서 못 하신단다. 신분증만 가지고 보험공단에 가면 된다고 알려 드렸다. 몇 분은 직접 모시고 가서 해결해 드리기도 했다.

    내가 저세상 가는 길, 오래 고생하며 지체하지 않고 쉽게 갈 수 있을 것 같다. 천국 증명서다.

선거

오늘은 광혜원 장날이다. 광혜원의 5일장은 3, 8일에 선다.

선거 날이 며칠 안 남았다. 후보자들은 밤낮을 가리지 않고 인사하며 얼굴을 알리기 위해 바쁘게 다니고 있다. 화려한 공약들을 내세우며 꼭 실천하겠다고 소리 높여 호언을 한다.

장날이면 신협 앞 5거리에서 오전, 오후 각 정당의 후보들이 힘껏 소리 높여 공약에 대한 다짐을 하며, 선거전에 열을 올린다. 유권자인 우리의 바람은 공약대로 실천해 주는 것이다.

바라건대, 개인의 욕심을 버리고 대한민국을 사랑하고 아끼며 국민을 두려워하는 마음으로 유권자의 말에 귀 기울여 주길 바란다. 주어진 시간을 값어치 있게 사용해주었으면 한다. 훌륭한 위정자로 남아주길 국민의 한 사람으로서 기대해본다.

선거 날은 6월 13일이다.

2018년 6월 3일

옥순이의 화려한 외출

들꽃

누군가가 심지도 가꾸지도 않은 들꽃 망초대
자기의 아름다움을 한껏 뽐내고 있다.

밭둑에도 산기슭에도 묵어있는 묵밭에도
고운 하얀색으로 눈이 부시도록 물들어있다.

어느 것이 망초대 꽃인지 어느 것이 안개꽃인지
나는 구별 못 하고 바라만 본다.

손맛뷔페

    사석에 있는 손맛뷔페는 몇 년 전 문을 열었다. 개업 초창기 때 누군가가 그런 이야기를 했다.

    "사석에 가면 골고루 맛볼 수 있는 여러 가지 음식이 있으니 한 번 가보라."

    식구들이 모였을 때 소문이 잘 났으니 한번 가보자고 해서 그곳에 갔다. 넓은 주차장이 우선 마음에 들었다. 안으로 들어가니, 카운터에서 빨간 머리를 위로 빗어 넘긴 여자 사장님이 계산을 하고 있다.

    가격은 7천 원이다. 우리들은 접시에 음식을 담아 자리에 와 앉아서 먹었다. 한 번으론 부족했다. 호박죽과 치킨 두 쪽에 잔치국수를 먹었다. 손님은 계속 들어오고 나가고 한다. 이 가격이면 만족한다고 이구동성으로 말한다.

    코로나 직전 8,000원으로 가격이 인상되었다. 가격과 상관없이 늘 손님은 만원이었다. 2023년 4월 1일부터는 9,000원으로 인상되었다.

    나는 6월 12일에 그곳을 다시 찾았다. 가격과 무관하게 주차할 데가 없다. 오늘 메뉴 중에선 곱창전골이 맛이 있었다. 밖에 나와 커피를 마시면서 하는 말들이 지금 된장찌개도 돈 만 원 줘야 하는데, 9,000원이면 싼 거라며 이야기들을 한다. 만족해하는 손님들이 많으니, 이 집 손맛뷔페는 쭈욱 번창할 것 같다. 우리 네 식구도 9,000

옥순이의 화려한 외출

원의 만족을 누리고 왔다.

　내가 운영하는 가게도 아닌데, 손님이 계속 들고 나가고 하니 내 마음이 흐뭇했다.

사랑 떡방앗간

광혜원과 진천에 많은 떡방앗간을 놔두고 왜 그렇게 먼 곳 병천에 있는 사랑 떡방앗간까지 떡을 하러 가느냐고 누군가 내게 묻는다면, 나는 이렇게 답할 수밖에 없다. 한 10여 년 전에 서예친구인 선비를 통해서 알게 된 방앗간이기 때문이라고.

사랑 떡방앗간의 장점은 다른 데보다 쑥을 많이 넣어서 떡을 해준다는 것이다. 허리도 다리도 아파서 쑥은 어리고 연할 때는 못 뜯고 쑥이 커다랗게 키가 크면 서서 뜯는다. 사랑 떡방앗간은, 예를 들어 찹쌀 한 말에 삶은 쑥 20kg을 넣어서 떡을 해준다. 떡을 먹기 위함이 아니고, 쑥을 먹기 위해서 그 먼 곳까지 가고 있다.

그곳에서는 쑥을 살짝 삶아서 숨만 죽여 가지고 가면, 찹쌀가루 찔 때 쑥도 한 쪽에 쌀가루처럼 함께 찐다. 쪄서 꾹 눌러 물을 뺀 다음 쪄진 쌀가루와 함께 확에 넣고 치대어 반죽을 한다. 잘 버무려지면 한 번 먹을 만큼 조금씩 손으로 확에서 떼어 비닐봉투에 담아서 주었다.

몇 년 전까지는 사람이 비닐봉투에 담아주었는데, 이젠 기계를 이용해서 사람이 손으로 확에서 떡을 조금씩 떼어 기계에 놓으면 떡을 받아 포장을 해준다. 기계화·자동화로 발전이 된 것이다.

그 집에 가는 또 한 가지 이유는 방앗간 주인 내외분이 인상도 좋지만 친절하다. 전화하면 바쁜 시간에도 어느 틈에라도 넣어서 떡을 해주려고 애를 쓴다. 그 집에 가서 보면 늘 바쁘다. 쑥이 나오는 봄부터 여름이면 주문예약이 두 달 이상 꽉 차있단다. 가까운 진천에도 어쩌면 이런 떡방앗간이 생겼는지 모르겠다.

방앗간 안주인이 상냥해서 돈을 주고 해도 기분이 좋다. 올해 떡값은 찹쌀을 포함해서 13만 원이 들었다.

사랑 떡방앗간의 두 내외분이 늘 건강하시고, 사업도 날로 번창하길 빌어본다.

결혼식

김덕규 씨의 딸 결혼식이 청주에서 있었다.

버스 3대로 광혜원 주민들이 다 참석한 것 같다. 예식장 안에서 신부 어머니 조은주 씨가 한복을 곱게 입고 등장했다. 우아하니 예뻤다. 신랑 측 부모님과 신부 측 부모님은 손님들과 인사를 하느라 바쁘다.

예식시간이 되자 사회자의 안내에 따라, 양가 어머니가 손을 잡고 입장한다. 초에 불을 붙이고, 예식이 진행되었다. 주례사가 단상에 서고, 신랑이 입장한다. 뒤이어 신부 아버지가 신부의 손을 잡고 음악에 맞추어 입장했다. 신랑과 신부의 모습이 한 쌍의 원앙처럼 아름다웠다. 우리 아이들도 결혼식 때 저렇게 예뻤겠지 생각해 본다.

오늘도 무더운 날씨다. 소나기가 한 줄기 쏟아지면 생기가 돌 텐데. 식물도 사람도 가뭄이 들어 진이 다 빠진다. 구름만 둥둥 떠다니며 애간장을 태운다.

2018년 8월 11일

옥순이의 화려한 외출

경희대병원

안성에 사는 동생이 경희대병원에 예약을 해 났다고 전화가 왔다. 오늘이 그날이다. 광혜원에서 출발해서 안성에다 차를 두고 버스를 탔다. 동생도 나도 자가용이 있지만, 서울엔 차를 못 가지고 간다. 안성에서 버스를 타고 동서울에서 내렸다. 많은 인파로 인해 머리가 아프다.

전철과 마을버스를 타고 경희대병원에 도착했다. 우리는 진료를 마친 다음 점심을 먹고 다시 마을버스와 전철을 타고 안성 오는 버스를 탔다. 안성에 와서 저녁을 먹고 헤어져서 운전하고 오는데, 이런 생각이 들었다.

나는 광혜원이 제일 좋다. 시골이지만 그리 불편하지 않고 살기 좋은 동네, 내 고향이 참 좋다. 광혜원보다 더 큰 도시 진천이 있고 청주가 있다. 필요한 것이 있으면 내가 아는 진천이나 청주에서 구입할 수 있고, 여기서는 큰 병원도 혼자서 찾아다닐 수 있다. 아는 곳, 아는 길을 찾아다닐 수 있어 감사하다.

2018년 9월 6일

소중한 인연들

남편은 아무도 못 말려

아이들 소풍 가는 날

할머니 제삿날

증평 둘째 형님

삼죽 큰형님께

티격태격 부부 싸움

내 나이 77세가 되는 날

가장의 무게

우리 경로당의 보배 강옥순 씨

먼저 간 친구들을 생각하며

우리 동네 중리 1, 2구 마을

담양 죽녹원

여행 가는 날

영원한 부회장

노인회장 교육

초등학교 동창회

등산

평생 웬수

그 사람 이름은 김종옥

남편은 아무도 못 말려

어제 저녁 남편이 밖에서 들어오더니, 차에 좋은 것을 덮어놓았다며 은근히 자랑을 한다. 비가 와도 눈이 와도 이제 차량 걱정은 하지 않아도 된다는 것이다.

오늘 아침 새벽기도를 못 갔다. 8시경쯤 차에 가보니 뜻밖의 풍경이 눈에 들어왔다. 약간의 스티로폼이 들어간 자리를 차에 엉성하게 덮어놓은 남편의 솜씨에 기가 찼다. 나는 그것들을 걷어서 쓰레기장에 버렸다.

집에 들어와서 그이한테 그건 뻣뻣해서 못 쓴다고 버렸다고 말했다. 그러자 갑자기 소리를 지르며 망치를 가지고 나가서 차의 앞뒤 유리문을 부숴 놓았다. 말리면 더 소리치며 화를 낼 거 같아 한 마디도 하지 않았다.

가슴이 너무 답답했다. 소리라도 지르고 울고 싶었다. 하지만 그것마저도 하지 못했다. 휴대폰 가게를 운영하는 막내아들한테 가서 얘기를 하고 차 유리를 수리했다. 돈을 주려 했는데 아들이 지불했다고 했다. 어디론가 도망이라도 가고 싶다. 그런데 그것도 할 수 없다.

다음 주엔 기말고사 시험이 있는데, 이번에 안 보면 일 년이 헛수고가 되기 때문이다. 지금까지도 그렇게 살았는데, 이제 앞으로 얼마 안 남았다. 또 참고 살아보자.

박옥순 파이팅!

2019년 12월 10일 화요일

　　　　　　　　　　옥순이의 화려한 외출

아이들 소풍 가는 날

아이들 나이가 연년생이다 보니,
네 명 모두가 초등학생이다.
큰애(딸)가 6학년, 둘째(아들)가 5학년,
셋째(딸)가 3학년, 넷째(아들)가 1학년이다.
죽산면 두교리 개좌 마을에 살 때였다

내 아이들도 늘 칠장사로 소풍을 갔다.
논두렁, 밭두렁을 지나야 하는 먼 길이다.
4km 정도 되는 거리였지만,
소풍 가는 즐거움에 힘든 줄도 모르고
깔깔 웃으며 작은 발로 뛰어가고 있다.

김밥 한 줄과 삶은 계란으로 점심을 먹고,
사이다 한 병 사서 시원하게 나누어 먹는다.
남자아이들에겐 총과 호루라기를 사주고,
딸들에겐 소꿉놀이 도구를 사주었다.

아이가 넷이다 보니,
그 녀석들을 다 챙기고 나면
어느새 나는 녹초가 된다.

내게는 즐거운 소풍이 아니라, 힘든 하루다.

1977년 봄 소풍을 추억하며

옥순이의 화려한 외출

할머니 제삿날

죽산면 개좌마을에 살 때의 이야기다.

날씨는 춥고 몹시 바람이 불던 어느 날, 부엌에서 나물과 전을 부칠 준비를 하느라 바빴다. 그땐 부엌 아궁이에 나무를 때서 밥을 했고, 고추를 말릴 때에만 연탄 화덕을 이용했다. 부엌에서 연탄 화덕에 전을 부치고 있는데, 부엌문이 엉성해서 찬바람이 숭숭 들어왔다. 너무 추워서 연탄 화덕을 방으로 옮겼다. 방에서 음식을 하니 이렇게 좋은걸!

시간이 좀 지나니 정신이 혼미해지는 것이 좀 이상했다. 아이들도 머리가 아프다고 한다. 그때서야 연탄가스 중독인 걸 알아차렸다.

방문을 다 열어놓고 애들을 밖으로 나오게 해서 땅바닥에 엎어 놓았다. 동치미 국물을 떠다가 마시게 했다. 한참 후에야 애들도 나도 춥다며 방으로 갔다. 연탄 화덕은 벌써 밖에 내놓았다.

그날 제사는 지내지 못했다. 조상님께 너무 죄송했다.

2018년 12월 24일

젊은 시절을 떠올리며

증평 둘째 형님

고기 조금과 찰떡을 사가지고 예고도 없이 증평 형님(남편의 작은 누나) 댁에 갔다.

마침 집에 계셨다. 형님과 마주 앉아 그 사람(내 남편) 흉을 마음껏 봤다. 울며불며 이야기를 늘어놓았다. 형님도 남동생 흉을 보며 이야기판에 합세해 주셨다.

형님은 동생 고생 좀 하게 한 이틀 증평에서 쉬었다 가라고 하신다. 그럴까 생각도 해 봤지만, 그도 마음이 편치 않아서 그냥 집으로 돌아왔다.

집에 와서 휴대폰을 열어보니, 전화기와 케이스 사이에 15만 원이 끼워져 있다. 그 마음이 감사하고 죄송스럽기도 해서, 몇 자를 적은 편지지와 돈 10만 원을 넣은 봉투를 가지고 다음 날 다시 증평 형님 댁에 갔다. 형님의 성의로 5만 원만 받고, 딸기를 조금 사가지고 다녀왔다.

형님의 연세가 84세이다. 몸도 야위신 데다 연세도 있으신 형님한테 괜한 걱정거리를 얹어드리고 온 것 같아서 마음이 아팠다.

형님, 죄송해요. 이 못난 올케는 아직 철이 안 들었나 봅니다. 형님, 사랑해요.

2020년 2월 18일

옥순이의 화려한 외출

삼죽 큰형님께

형님을 생각하면 늘 죄송하고 고맙습니다. 넉넉지 못한 형편에 친정 동생까지 거두시느라 고생했을 형님. 딸 넷, 아들 넷 총 8남매를 먹이고 입히느라 무척 힘이 드셨을 텐데요. 아들 하나는 아직 짝을 못 채웠으나 일곱 자녀를 모두 결혼시키셨으니, 형님 정말 대단하셔요.

비록 가정 형편이 썩 좋은 편은 아니셨으나, 형님은 하나님을 의지해선지 항상 평안해 보이셨지요. 어머니를 따라 자녀들도 하나님의 은혜로 모두 좋은 배우자 만나 복된 삶을 살고 있고요.

각자 사는 게 바빠서 자주 뵙지도 못하고 살지만, 형님 천국 가시는 날 무척 감동을 받았답니다. 밤늦게까지 부산, 서울 등 원근 각지에서 많은 형제자매들이 찾아오는 걸 보며 말로 표현할 수 없을 만큼 감사했지요.

형님, 천국에서는 병마에 시달리지 않아도 되고, 평안하시지요? 동생 종옥 씨는 제가 잘 보살피고 있으니, 걱정하지 않으셔도 됩니다.

조카님들, 하나밖에 없는 외숙모가 자주 연락 못 해서 미안해요. 사는 게 다 그렇다오. 머지않은 날, 동생도 저도 형님 뵈러 갈게요.

2023년 8월 6일

티격태격 부부 싸움

저녁나절 남편이 산수화 아파트 뒤로 일하러 나갈 때, 나는 구암리 도라지 밭으로 갔다. 도라지 밭에 있는 풀들은 염치도 없다. 씨뿌린 후 도라지가 나오면서 벌써 네 번이나 풀을 뽑고 있다. 세 번째 풀을 뽑을 때는 팔이 아프고 뒷다리가 당겼다. 아파도 참을 만했다.

나의 왼손이 좀 불편해서 풀 뽑기가 안 좋다. 그래서 오른손으로 호미질을 해서 파놓은 풀을 호미로 끌어내고 오른손으로 풀을 잡아 뽑는다. 날이 저물어 집으로 왔다. 7시 40분인데 남편이 안 보인다.

전화를 했는데 안 받는다. 10분 후에 다시 전화를 했다. 또 안 받는다. 오토바이를 타고 오는 중인가 하고 잠시 기다렸다. 전화도 안 받지, 사람도 안 오지, 궁금증과 걱정이 커져간다.

'혹시 쓰러진 것은 아닌가? 어디 아픈가?' 하는 생각에 산수화 아파트 뒤로 가보았다. 오다 가다 만날까 하여 살피며 갔다. 밭에 오토바이가 없다. 다시 돌아와 보니, 오토바이를 들여놓고 있다. 남편을 보니 반가웠다.

"전화도 안 받고…. 어두운데 뭐가 보입디까?" 그러자 남편이 한마디 한다.

"때가 되면 어련히 올까봐, 극성을 피워."

거기까진 좋았다. 나는 저녁을 차려놓았는데, 남편이 샤워를 하고 남방을 입고 나온다. 그걸 본 나는 '잠자리인데 메리야스를 입지, 덥게 남방을 입었느냐'고 가볍게 한마디 했다. 그러자 조금 전보다 더 큰 소리로 화를 벌컥 냈다. '이젠 옷도 내 마음대로 못 입느냐'면서.

그때부터 난 아무 말도 하지 않았다. 남편은 자기 방에 들어가 나오질 않는다. 나는 혼자서 저녁밥을 먹고 얼른 내 방으로 들어왔다.

방에 들어와 생각했다. 오늘 일이 많이 힘들었나 보다. 그래도 식구라고 나한테 화풀이를 했겠지? 이럴 땐 부딪히지 않는 게 상책이다.

내 나이 77세가 되는 날

새벽부터 비가 내리기 시작했다.

5월 10일 월요일 9시 수업을 받기 위해 8시 20분경 집을 나섰다. 빗길이라 그런지 북진천 톨게이트를 지나 얼마 갔을 무렵, 차가 약간 흔들리며 미끄러지는 느낌을 받았다. 빗물 때문일까 하며 2차선으로 가고 있었다.

큰 트럭들과 승용차들도 많이 다니고 있었다. 그러더니 갑자기 우측을 부딪치고는 왼쪽으로 휙 돌아 중앙선 분리대를 부딪치고는 차가 멈추었다. 에어백이 터져 나오고 나는 외마디 소리를 지르며 핸들을 힘 있게 잡았다. 에어백 터진 곳에서 연기 같은 게 나오고 있었다.

순간 불이 나려나 싶어 문을 열고 나오려 하는데, 문이 잘 안 열려 발로 밀어붙이고 밖으로 나왔다. 밖에는 소나기가 쏟아지고, 나는 우산을 쓰고 휴대전화를 꺼내 119와 112를 마구 눌렀다. 진흥이 번호로 전화를 했는데 전화를 안 받고, 임 전도사의 전화번호가 떴다. 구세주를 만난 것처럼 "나 사고 났어요" 하고 말했다. 이어서 사위 손 서방과 통화가 되었다. 온몸은 사시나무 떨듯이 떨고 있었다.

구급차가 와서 나를 차로 데리고 가는 중에 내 차를 바라보니, 오른쪽 앞뒤 바퀴가 모두 펑크가 나서 다 주저앉았다. 떨고 있는 나를 구급차 직원이 담요로 덮어주었다. 그 차로 진천 성모병원까지 왔다. 다행히 어디 부서지지는 않았다. 너무 놀란 나머지 가슴만 쿵덕

옥순이의 화려한 외출

거렸다. 진홍이가 청심환을 사와서 마셨다. 괜찮으니 집에 가겠다고 했더니, 종철이랑 진홍이가 좀 지내봐야 한다며 입원을 시켰다. 코로나 검사를 하고 병실로 들어왔다.

누워서 생각해보니, 생일날 다시 태어난 느낌이다. 다시 생명 주심에 감사했고, 죄 많은 이 딸을 어디에다 쓰시려고 살려주셨나 하는 생각에 눈물이 났다. 천만다행으로 남의 차와 부딪히지 않은 것도 감사하다.

내 나이 77살이니 아이들은 위험하다고 이제 차 운전은 그만하라고 한다. 남은 삶이 난감하다. 어디든지 마음만 먹으면 잘 다녔는데. 안성 동생네 집도 증평 시누님 댁에도 못 다니게 되었다. 그뿐인가, 이런저런 앞날이 걱정이다.

2021년 5월 18일 저녁에 그날 일을 생각하며

가장의 무게

혼자서 외롭게 살다가 25세에 처가살이로 들어온 사람. 살아보니 엄한 장인어른, 말수 없으신 장모님, 철없는 처제, 세상사 모르는 각시 등 처가식구와 사는 게 쉽지는 않았을 것이다. 나름 자유롭게 살다가 처가의 부모님과 함께 살려니, 불편한 게 한두 가지가 아니었다고 한다. 그렇게 6개월을 살았다.

에라, 모르겠다. 어느 날 남편은 결단을 했다. 4km 떨어진 곳에 있는 큰고모님 댁 옆집에 방 하나를 얻어 살아보니, 만고 땡이다. 늦게까지 자도 눈치 볼 일 없고, 나만 열심히 하면 될 것이라 생각했다.

겨울이면 서산에 가서 나무를 한 짐 해온다. 오전에 한 번, 오후에 한 번, 하루에 두 짐을 한다. 한 짐은 내일 새벽에 시장에 가서 팔아 생활비를 한다. 그리 열심히 해도 생활비는 늘 부족했다.

혼자 생각에 열심히 하면 잘살 줄 알았다. 세월이 가니 식구가 여섯으로 늘었다. 혼자일 때 열심히 벌어 모래밭 600평, 엉성한 논 3마지기. 이만하면 밥 먹고 살 수 있을 줄 알았다. 그런데 생각과는 영 다르다. 어찌하면 좋을꼬?

1970년 겨울을 추억하며

옥순이의 화려한 외출

우리 경로당의 보배 강옥순 씨

우리 뒷집에 사시는 강옥순 씨에 대해서 이야기를 하려 한다.

이분은 나보다 두 살 연상이시다. 보통 키에 까무잡잡한 피부를 가졌다. 아저씨가 돌아가신 지가 한 10여 년 되었을까? 친정은 광혜원면 구암리 병무관이다. 지금도 병무관에는 남동생이 살고, 가까운 곳에 언니랑 동생들이 살고 있다고 들었다.

따님 다섯에 아드님 둘을 두셨다. 옛날엔 가진 것이 없어, 남의 논과 밭을 얻어 농사를 지었단다.

그 댁 아저씨는 심성이 착하고 부지런하셨다 한다. 농사철이면 일찍 일어나 들일을 하셨고, 농번기 땐 집에서 아침 먹는 날이 손가락을 셀 정도로, 늘 들에서 아침을 내다가 드셨단다. 그런가 하면 겨울철엔 서산에 가서 나무를 해다 팔아서 용돈도 쓰고 돈을 모아 땅도 장만을 했다고.

아저씨는 술을 좋아하셨다 한다. 그렇지만 술로 가족들을 힘들게 하지는 않았다고 한다. 술주정 없이 잠을 주무셨다. 늦게 아들을 낳아 애들 크는걸 보곤 마음이 흡족해하셨단다. 밖에서 집에 들어오시면 아들들을 찾으며 하는 말 "우리 사장님들 들어왔나?" 하며 방을 살펴보곤 했단다.

말이 씨가 된다는 속담이 있다. 그 집 자녀들은 하나같이 지금 다들 잘살고 있다. 강옥순 씨 역시 부지런함이 몸에 밴 듯했다.

농사철이면 새벽 4시 30분에 벌써 들에 가신다. 덥기 전에 일하고 오신다고. 저녁나절에도 해가 기울면 들로 가신다. 경로당에서 점심을 먹으면, 늘 설거지를 하신다. 그뿐만이 아니라, 동네 대동계 날이나 큰일이 있으면 힘든 뒷일도 마다 않고 치우신다. 이분에겐 보고 배울 점이 참 많다.

집에 음식이나 과일이 있으면, 나누어 먹는 걸 좋아하신다. 이 댁 내외분의 심성이 고와서 자손들도 다 잘됐다고 생각한다. 한글 공부도 열심히 하셔서 지금은 책도 읽을 수 있고, 본인 이름을 비롯해 글씨도 곧잘 쓰신다.

강옥순 씨는 경로당에서 하는 프로그램 9988운동도, 치매센터에서 운영하는 교육도, 한글 수업도 안 빠지고 열심히 참석하신다. 작년 한글수업 1기 졸업 때 사각모에 꽃다발을 들고 사진을 찍어 드렸더니, 좋아하셔서 나도 기뻤다.

우리 이웃에 이런 분들이 많아지길 기대해본다.

2023년 6월 4일

옥순이의 화려한 외출

먼저 간 친구들을 생각하며

동창회 일이라면 열일을 제쳐두고 앞장서는 열심파 호표, 내 고향은 내가 지킨다는 소신과 애향심을 지닌 체구가 큰 석구, 아들을 목사님으로 키운 착하디착한 규우, 선함이 뚝뚝 떨어지는 가정적인 친구 성국, 술이라면 먼 길을 마다하지 않고 뛰어오는 수호, 장날이면 늘 만날 수 있는 서글서글한 만혁, 나와 제일 먼저 이별한 단짝 친구 미자, 서울로 시집가서 잘사는 줄 알았는데 아무도 모르게 떠나버린 추자…. 모두가 좋은 친구들인데, 이 많은 친구들이 내 곁을 떠났다.

어느 날 한 친구로부터 밥 한번 먹자고 전화가 왔다. 친구 하나가 백혈병이란 소식을 듣고 위로차 그 친구와 세 명이서 만나기로 했다.

식당에 가보니 아픈 친구와 내게 전화한 친구가 와 있다. 한참 수다를 떨다가 아픈 친구가 우리에게 말했다.

"내가 먼저 가서 자리 잡아 놓을 테니 천천히 와."

내가 나무라듯 그 친구에게 말했다.

"그런 소리 마. 먼저 가고 나중 가는 건 하나님 뜻에 달렸지. 우리는 내일 일을 모르잖아. 내가 내일 갈지, 모레 이 친구가 갈지 아무도 몰라."

밥을 사준 친구가 일 년 후 먼저 갔다. 백혈병과 씨우는 친구는 관리를 잘해서 오늘까지 건강하게 잘 지낸다.

그런가 하면 수원에 사는 친구도 몇 년 전 암으로 5개월 고생을 하고 떠났다. 이 친구는 장날이면 농협 마당에서 여러 해 동안 옷 장사를 했다. 그 친구가 가고 없으니, 친구의 안식구가 혼자서 장사를 할 수가 없어선지 장날이 되어도 나오지 않는다. 이곳을 지날 때면 그 친구가 늘 생각난다. 훗날 저 하늘나라에 가면, 만날 수 있겠지. 왠지 서글퍼진다.

우리들 나이가 어언 팔십을 바라보고 있고, 나이가 더 많은 친구들도 있다. 이런 기도를 매일 드리게 된다.

"주님, 자식들에게 짐이 되지 않고 잠을 자는 듯 주님 나라에 가게 하옵소서."

옥순이의 화려한 외출

우리 동네 중리 1, 2구 마을

오늘 엄창순이 통닭 여섯 마리를 샀다. 평소에 신세를 많이 졌다면서 김동금 언니 한 마리, 한동분 씨의 손자 민기 한 마리를 주고, 나머지 네 마리는 경로당에 있는 분들이 다 소비했다.

우리 동네 사람들은 모두 한 가족처럼 지낸다. 아직도 옛날 집들이 있다. 30여 년 전에 남송연립이라는 4층짜리 연립주택이 들어왔다. 몇 십 년간 희로애락을 같이 하신 분들이다. 그래서 더 끈끈한 이웃이 되었다.

'아닌 건 아닌 겨'라며 시시비비를 잘 가리는 완벽주의자 박점례, 허리가 아파서 꼬부랑 할머니가 된 김영순, 영감님을 손주처럼 돌봐주시는 김병례, 맛있는 음식이나 간식이 있으면 나누어 먹는 걸 좋아하는 권영순, 궂은일 마다않고 동네일을 내 집 일처럼 돌보시는 강옥순, 음식이면 음식, 병원이면 병원, 전국의 관광지까지 모르는 곳이 없는 우리 동네 만물박사 한동분, 무서운 병마와 싸워 승리한, 둘째가라면 서러운 여전사 김동금, 우울증으로 고생하시는 정춘례, 혼자 오셔도 백 명분의 몫을 하며 작은 체구이지만 자기 몸에 꼭 맞는 옷만 입는 백명희, 가끔씩 귀한 주스를 여러 통씩 주시고 부녀회장으로서의 도리를 다하려고 애쓰는 박순천, 손자 민수라면 끔찍이 아끼는 할머니 김진수, 몇 년째 심심하면 옛날 통닭을 자주 사 오시는 임찬순. 해서 우리는 그이에게 다음엔 군의원이라도 나오라고 웃으며 이야기한다.

우리 동네 할머니들은 화요일, 목요일 오후 1시에 한글 공부를 하신다. 진천평생학습원에서 침착하고 자상하신 김지영 선생님이 많은 수고를 해주신다. 한글 공부 1기가 작년에 졸업을 했고, 올해 2기가 진행 중이다. 물론 몰라서 하시는 분들도 있지만, 예전에 초등학교를 졸업했어도 수십 년이 지나 잊어버리기도 해서 연습 겸 하시는 분들도 몇 분이 계신다.

이번에 어깨수술을 하신 임봉춘, 노기연 씨는 집 뒤에다 컨테이너를 하나 설치해 놓고 장날이나 특별히 광혜원에 볼일 보러 오시면 쉬어가라고 자리를 제공해 주신다. 동네 대동계 날이나 무슨 일이 있으면, 아예 앞치마를 갖고 와서 봉사하는 최경옥, 경로당 청소를 늘 깨끗하게 하시는 윤숙자, 눈이 오는 날이면 최태용 이장은 산타클로스로 변하여 동네 골목골목 눈을 쓸어주신다.

동네에 무슨 행사가 있을 때마다 슬그머니 봉투를 주고 말없이 일손을 돕는 송영옥, 경로당에 자주 들러서 무엇이 필요한지 알아서 도와주는 전옥진, 남자 노인들이 무엇을 원하는지 궁금증을 해결해 주는 임계성, 그런가 하면 상갓집에 가야 하는데 차가 없어 불편해할 때 차 문제를 해결해 주는 최태용, 김장진 그리고 김경섭 이장님들. 동네에 중요한 일이 있을 때마다 말없이 도와주시는 김홍선 대동계장….

이분들이 있기에 중리 1, 2구가 서로 협조하며 화합하는 마을로 성장해 가고 있다. 올해 들어와선 솜씨가 좋은 젊은 이장 김경섭이 원하는 것은 무슨 일이든 다 해결해 주고 있다. 젊은 패기가 마냥 부럽다.

나도 저 나이 때는 무서운 것이 없었는데. 아! 옛날이여~~

옥순이의 화려한 외출

담양 죽녹원

2019년 5월 14일 노인회 임원진들과 함께 남도 여행을 떠났다. 8시 30분에 출발해서 11시경 담양의 죽녹원에 도착했다. 말 그대로 키가 하늘을 찌를 듯한 대나무가 장관을 이루고 있었다.

대나무 죽순은 자그마하게 나와서 몇 해를 자라면, 저렇게 키가 자라는 줄 알았다. 그런데 그게 아니었다. 처음부터 굵은 죽순이 힘 있게 솟아올라서, 한 해에 저렇듯 어마어마하게 자라는 것이었다. 내 눈으로 본 결과, 이번 봄에 나온 죽순이 거무스름한 겉옷을 입고 솟아올라 가면서 그 겉옷이 서서히 벗겨지고 있었다.

나는 상상이 안 되었다. 그저 바라보는 것만으로도 감탄이 새어 나왔다. 그런데 몇몇 사람이 잔인하게 대나무에다 사랑의 표식을 남기거나 누구누구의 이름을 칼로 새겨 놓았다. 굳이 저렇게까지 해야 했을까? 기분이 씁쓰름하다.

점심식사로 떡갈비와 대통밥을 주문하여 모두 맛있게 먹었다.

돌아오는 차 안에서는 한 사람씩 자기가 좋아하는 18번곡을 불렀다. 내 차례가 되어 최진희의 꼬마인형을 불렀는데, 생각처럼 잘되지 않았다.

이번 여행으로 인하여 임원진들과 다소 서먹했었던 이전의 분위기가 사라진 듯하다. 많이 편안해졌다고 할까. 가끔은 이런 기회가 삶의 활력소가 되어주는 것 같다. 근사한 5월의 소풍 같은 하루였다.

2019년 5월 21일

여행 가는 날

오늘은 광혜원 각 마을의 노인회장과 총무들이 여행을 가는 날이다.

일찌감치 분회로 갔다. 벌써 와 계신 분도 있다. 차 2대에 실어야 할 물건들을 나누어 놓고 차가 오기를 기다렸다. 잠시 후 빨간 색의 차가 오고, 뒤이어 흰색 버스가 왔다. 빨간 차에는 여성들이 승차하고, 흰색 버스엔 남성들이 승차하기로 했다.

각 동네의 어른들과 각 기관에서 많은 분들이 참석을 했다. 진천 노인회 박승구 회장과 사무장, 군의원, 김성우, 김기복, 면장, 조합장, 신협 이사장, 노인후원회 회장과 사무장 등이 함께하셨다. 아니, 광혜원 노인회 심형래 회장은 신발 문수가 크신 걸까? 아니다. 인품이 좋으셔서 평소 인기가 좋으신 것일 게다. 오늘 차 두 대에 타신 분은 총 72명이었다. 목적지는 장고항이었다.

남자들은 조용히 가는데, 여자들은 어찌나 흥이 많으신지 차가 들썩들썩했다. 얼추 3년간을 코로나 때문에 꼼짝 못 하고 계시다가 해방된 하루여서 더욱 신명이 났나 보다.

점심은 실치 회와 일반 회 한 접시씩 해서 4인분에 12만 원씩이다. 회를 먹고 매운탕에 밥을 먹으려니, 일찍 나온 밥은 찬밥이요, 늦게 나온 밥은 급하게 해선지 밥이 설익었다. 여러 사람의 불평 끝에 밥값은 안 받기로 했다.

점심을 먹고 난 후 작은 수목원엘 들렀다. 겹벚꽃이 볼 만했다.

옥순이의 화려한 외출

집으로 오는 중에 삽교에 들러 건어물과 젓갈을 샀다. 오는 도중 저녁은 사석 뷔페에서 먹었다. 1인당 9천 원이다.

오늘 오인석 부회장의 노래도 일품이지만, 말도 격에 맞게 잘하셨다. 특히 일행의 흥을 돋우시는 데 크게 기여하셨다. 여자 회장들과 총무들이 분위기 맞추느라 애쓰셨다. 완전 분위기 메이커였다. 금년 처음 사무장 직을 맡으신 황경애 씨도 수고가 많았다. 아무 사고 없이 잘 다녀와서 참 감사한 하루였다.

2023년 4월 28일

영원한 부회장

1990년 만승초등학교 26회 동창회 모임에서 홍호표가 회장이 되고, 나는 부회장이 되었다. 초등학교 동문 체육대회는 그해부터 시작되었다.

우리 26회는 4번째로 1993년도에 동문 체육회 주최자가 되었다. 넉넉하지 않은 재정을 채우기 위해 십시일반으로 모아서 체육회를 성황리에 마쳤다. 그 후 26회는 1월 모임에서 결산보고를 하고, 여름 모임은 7월 17일 제헌절에 했다.

요 근래에는 7월 둘째 주 토요일에 주로 모임을 한다. 가을엔 동문 체육회에서 만난다. 동창모임에서 회장과 총무는 몇 년씩 돌아가며 한다. 때론 나보고 회장을 하라고도 한다. 나는 남자가 없으면 내가 하지만, 남자가 있으니 남자 친구들의 자존심을 세워줘야 한다고 했다.

26회 동창회 모임 부회장을 나는 올해로 33년째 맡고 있다. 동창회를 이끌어준 친구들, 저세상으로 간 호표, 석구, 성국, 규우, 수호 외에 여러 친구가 있다. 지금도 동원, 해성, 영희, 영만, 주현, 진웅, 승철, 상순, 혜순, 현려, 세정, 송희, 영자, 종춘, 기숙, 옥희, 옥화를 비롯해 많은 친구들이 관심을 가지고 수고해 주어서 26회가 이어지고 있다.

총동문회 회장님으로 김희동 씨가 일하실 땐, 여자 부회장으로 4년간 함께 했다. 내가 총동문회 인수를 받을 때, 기금은 바닥이 나

있었다. 김희동 회장님은 난감해했다. 이렇게 저렇게 기금을 조성해서 4년을 마치고 퇴임하실 때는 기금을 마련해 주셨다.

광혜원 노인회는 심형래 씨가 회장님이 되시면서 부회장으로 지금 10년째 함께 일하고 있다. 심 회장님은 나보다 6살이 많으신데 아주 정정하시다. 안경도 안 쓰시고 손수 운전도 젊은 사람 못지않게 잘하신다.

나도 심 회장님처럼 늙어가기를 바란다. 노인회 사무장은 이용길 씨였다. 업무 처리를 똑소리 나게 했다. 면내 경로잔치 때 보면 사무장 능력이 눈에 띈다. 이모저모로 면 내 노인회원님들을 성의를 다해 모셨다. 2023년 광혜원 노인회 사무장은 황경애 씨가 수고해 주신다.

이용길 씨는 2023년부터 광혜원 공단 소장이 되었다. 어디에 있어도 무슨 일을 맡겨도 잘하실 것이라 믿는다. 야무진 소장님 앞으로 꽃길만 걸으십시오.

나와 인연이 되었던 여러분들, 모두 만수무강하옵소서.

노인회장 교육

경로당 회장교육이 무주 교육관에서 하기로 예정되어 있었다. 진천에서 버스를 타고 전라도 무주로 갔다. 도착해서 복지관 직원 안내로 식당으로 가서 점심을 먹었다.

오후엔 바로 교육관으로 입실해서 7~8명씩 테이블에 앉아 교육교재를 받았다. 테이블엔 간단한 다과도 준비되어 있다.

강사님들은 점심 먹고 졸지 말라며 매시간 재미있는 유머도 섞어가며 노인회장들이 알아야 할 교육을 했다. 끝날 무렵엔 회장들 노래자랑이 있었다. 내 차례가 되었다. 막상 노래를 하려니, 머릿속이 하얗고 생각이 안 난다. 문득 '흑산도 아가씨'가 생각났다. 노래방 기계에 나오는 가사를 보며 겨우 따라 했다. 잘 부르진 못했으나, 괜찮았다.

교육이 끝나고 사각모를 쓰고 가운을 입고 기념사진도 찍었다.

다음 날 무주에 있는 향적봉 옆에까지 갔다. 케이블카를 타고 올라갔다. 옆을 보고 아래를 보니 아찔했다. 초여름의 푸른 숲을 보니, 초록이 장관이었다. 시원함과 평안함이 느껴졌다. 활짝 갠 날이었으면 더 좋았을 텐데, 짙은 안개가 쌓여 있어서 아쉬웠다.

이번 교육일정을 통해 노인회장으로서 알아야할 사항들을 배웠다. 내 나이 74세이지만, 늘 배우는 자세로 살아야겠다고 다짐했다. 젊은 이들에게 부끄럽지 않은 어른의 모습을 보여주도록 노력할 것이다.

2018년 6월 19일

　　　　　　　　　　　　옥순이의 화려한 외출

초등학교 동창회

7월 둘째 주 토요일, 동창회 모임이 있는 날이다.

약속 장소에 가보니, 대전과 청주에서 온 친구들이 먼저 와있었다. 가까운 데 사는 우리들이 늦어서 미안했다. 잠시 후 서울 수도권에 사는 친구들이 도착했다.

점심 메뉴는 보신탕과 닭백숙으로 했다. 푹 삶은 개 한 마리를 한쪽에서는 썰고, 한쪽에서는 접시에 담아 이 상, 저 상에 놓고 부추를 살짝 데쳐 접시에 담았다. 고기를 부추에 얹어 양념장과 함께 먹으니 맛이 일품이다. 옛날이야기를 하며 맛있게 먹었다. 배부르게 먹고도 남아서 조금씩 싸주고 나도 가지고 왔다.

오후에는 늘 노래방엘 갔었는데, 나이를 먹다 보니 노래방엔 안 가고 소화도 시킬 겸 구암리 산 느티나무 밑에서 자리를 깔고 가지고 온 음료수를 먹으며 '옛날엔 이랬지, 그땐 저랬지' 하며 추억 더듬기로 이야기꽃을 피웠다.

어두컴컴하고 공기 탁한 노래방보다 흙 냄새, 나무 냄새, 풀 냄새 나는 시원한 나무그늘이 훨씬 더 좋았다. 이렇게 해서 금년 여름 동창모임이 아쉽지만 마무리되었다.

부디 모두 건강해서 다음 모임엔 더 많은 친구들을 만날 수 있기를 기대해본다.

2017년 7월에

등산

1990년 광혜원 산악회에 들어갔다. 광혜원 산악회는 오로지 등산을 통한 걷기에만 치중했다. 당시 산악회 이름을 가진 모임들이 우후죽순으로 결성되었다. 산악회는 등산이 목적이어야 하는데, 대다수가 차에 타면 소주병이 오고 갔다. 한국 사람들은 흥이 많아서 관광차 안에서 뛰고 흔들며 노는 것이 습관이 되었다.

내가 속한 광혜원 산악회는 등산 후 산에서 내려와 파전이나 감자전, 도토리묵에 막걸리 한 잔씩을 하고는 조용히 해산했다. 산악회 회장은 정의호 회장님이었다. 정 회장님은 성격이 올곧고 허튼 모습이 없어서 산악회가 수십 년 이어져 오고 있지 않나 생각한다. 그런 분위기가 좋았다. 남편과 함께 갈 때도 있고, 혼자 갈 때도 있다.

기억에 남는 산행이 있다. 야간에 설악산을 가기 위해 집에서 저녁을 먹고 밤에 출발해서 밤 11시경 오색약수터에서 등산을 시작했다. 저마다 손에는 손전등이 하나씩 들려 있었다. 야간에 등산하는 사람들이 얼마나 많은지, 전등불이 이 산, 저 산에 줄지어 불빛이 보인다. 그 불빛을 보며 사극에 나오는 야간 전쟁터 모습이 생각났다.

새벽 6시경에 정상 대청봉에서 해 뜨는 걸 보았다. 붉게 떠오르는 해를 바라보며, 가족 모두가 건강하길 기도했다. 지리산, 소백산,

옥순이의 화려한 외출

월출산, 영취산, 가야산…. 다 꼽을 수는 없지만, 남한 일대의 산은 거의 다 다닌 것 같다. 제주도 한라산에 갔을 때는 동료들이 "누님, 옛날에 결혼하고 신혼여행도 못 와봤지요?" 하며 특별히 방 한 칸을 우리 부부에게 내어 주었다. 고향 아우님들의 배려가 고마웠다. 다른 일행들은 큰 방 2개에서 쉬었다. 지금도 광혜원 산악회는 운영되고 있다.

평생 웬수

사랑이 뭔지도 모르고 만난 사람
지지고 볶고 살다 보니 60년 세월
물리고 싶어도 더한 놈 만날까 봐
그것조차 못 해보고 살았네.

살다 보니 2남 2녀 어미가 되었네.
똘망똘망한 눈망울 쳐다보니
차마 발걸음 못 떼어 놓았네.
어영부영 세월 지나
아이들 제 짝 찾아 다 가버렸네.

내 곁에 남아 있는 평생 웬수
허리 아파 파스 붙여줄 사람
그 사람밖에 아무도 없네.
고맙소. 얼마 안 남은 시간
잘 살아 봅시다.

옥순이의 화려한 외출

그 사람 이름은 김종옥

1963년 12월, 이웃집 아저씨의 소개를 받아 한 청년과 친정 바들 말 우리 집에서 선을 보았다.

첫인상이 순수해 보였다. 일찍 부모님을 여의고 누님과 고모님, 작은아버지 손에서 자랐다고 한다. 9살에 어머님을 잃고 12살에 아버지마저 돌아가셨단다. 누님 두 분도 일찍 출가하셨는데, 대부분은 큰누나 댁에서 지냈다고. 어린 나이에 친인척 집에 맡겨지다 보니, 남의 눈치를 보거나 사람을 쉽게 믿지 못하는 성격임을 나중에 알았다.

우리는 12월에 선을 보고 1월 14일에 결혼식을 올렸다. 나와 결혼하여 우리 집에서 함께 사는 조건으로 혼인을 한 것이다. 말하자면 데릴사위였다.

6개월 정도 살았을까. 남편은 처가살이가 몹시 불편했던지, 분가 이야기를 꺼냈다. 엄한 아버지, 말이 없으신 조용한 어머니, 여동생과 한집에서 생활하려니, 많이 불편했을 것이다. 그런데 스무 살 철없던 나는 우리 집에서 내 부모님을 모시고 평생 살 줄만 알았다.

결혼생활은 평탄치 않았다. 자기 멋대로 살다가 처가살이라는 울타리 안에서 생활하려니, 여러모로 힘들었던 모양이다. 몇 달 후 남편과 나는 큰고모님이 사시는 두교리 개좌마을에서 신접살림을 차렸다.

남편은 이것도 저것도 자신은 다 잘하는 것으로 생각하며 산다.

그러나 내 눈에는 한 가지도 맘에 드는 게 없었다. 사회 경험이 없던 나 또한 남편에게는 버거운 대상이었을 것이다. 그러다 보니, 우리는 서로에 대해서 불만이 많았다. 그럼에도 세월은 흘러 60년째 함께 살고 있다.

그동안 남편도 나도 같이 사느라, 피차 간에 고생이 많았다. 이제는 그이가 측은하다는 생각이 든다. 내가 보기엔 어느 누구에게도 인정받지 못하고 살아온 남편이다. 다들 저 잘난 맛에 산다고들 하는데, 나나 그 사람은 부부라는 이름으로 인내해 왔다.

이젠 '하하' 속이 후련하게 웃어도 보고, 목 놓아 울어도 봐야겠다. 그 사람도 내게 하고 싶은 말이 많았을 텐데, 참고 살았을 것이다.

살아 있는 동안 많이 아프지 말고 살다가 잠자듯이 저세상으로 떠나길 소원해 본다. 부디 아이들한테 짐이 되지 않기를 기도한다.

"주님, 이 딸의 기도를 들으시고, 부디 응답하여 주옵소서."

2023년 3월 1일

옥순이의 화려한 외출

남편에게

　내 나이 20세, 당신은 25세. 부부 연으로 만나 60년이 되었네요. 사흘이 멀다 하고 아웅다웅 싸우며 살아온 젊은 날의 시간들. 무엇을 위하여 그리 팽팽하게 날을 세웠는지. 그러면서 세월의 흐름 속에 하늘이 맺어준 인연이라 생각하고 살았네요.

　지금 생각하면 그저 감사하고 또 감사합니다. 당신 덕에 억만 금을 주고도 살수 없는 2남 2녀를 두었고, 사위 둘에 며느리 둘, 듬직한 손주 놈이 다섯 명, 예쁜 손녀가 세 명. 우리 두 사람으로 인하여 18명이 가족이라는 울타리 안에서 연을 맺어 살아가니, 이 어찌 감사하지 않을까요.

　김종옥 씨, 지금까지 내 곁에서 지켜주고 나의 보호자로 있어주어 고맙습니다.

　어린 나이에 부모님을 잃고 큰누나와 작은아버지 그리고 큰고모님 손에서 자라면서, 속으로 부모님을 그리워하는 날이 얼마나 많았을까요. 그래도 주위에 좋으신 친인척분들의 돕는 손길이 있어, 한 푼, 두 푼 모은 돈으로 혼인 전에 전답(논 600평, 모래밭 600평)을 장만했으니, 당신은 정말 대단한 사람입니다.

　하나님께서 이 모양, 저 모양으로 당신을 돕는 손길을 붙여 주셨기에, 성장할 수 있었어요. 몸이 아플 땐 치료해 줄 사람을, 외로울 땐 친구를, 나이가 들어선 평생 웬수인 나를 붙여주셨네요. 고생이 먼지, 세싱 인심이 어떤 건지 아무것도 모르는 잡초 같은 나를 당신과 연이 되게 하셨네요.

당신을 만나 4남매의 부모가 되었어요. 아이들의 성장을 위해 피 땀 흘려 장만한 송아지를 팔아 칼국수 장사를 했고, 밭을 팔아 찻 집도 했고, 슈퍼도 했고 여러모로 머리를 쓰며 살았지요. 세월은 흘 러 4남매를 다 출가시키고 부모로서의 과업을 마칠 수 있었으니, 이 모든 것이 당신의 밭과 송아지가 밑천이 되어준 덕분입니다.

오늘 아침에 새벽기도하며 문득 깨달았습니다. 당신의 밭이 없 고 송아지가 없었으면 그 무엇도 할 수 없었을 일이라는 걸. 당신 말이 맞아요. 그 돈 가지고 몇 십 년 장사를 했으면, 3억 정도는 꼬 불쳐 두었어야 하는데, 내가 능력이 없어서 3천만 원도 못 챙겨두 었네요.

이제 우리의 노후만 남았네요. 우리 중에 누가 먼저 떠날지는 아 무도 알지 못합니다. 혹여 나중에 당신 곁에 내가 없으면, 제발 아 침에 일찍 일어나세요. 아침마다 어서 식사하라는 내 말을 잔소리 로 듣는 사람. 나 없으면 어찌 살려는지, 조금 걱정이 됩니다. 밥도 못 하고 반찬은 더욱 못 하며 심지어 과일 하나도 까먹을 줄 모르 는 사람. 닥치면 다 하겠지만, 애들이 해다 줄 때를 기다리지 말고 손수 해 먹으려고 노력해 봐요.

당신 아버지가 어머니 돌아가시고 3년 더 사시다 가셨다 했죠. 당신은 3개월만 더 살고 와요. 철모르는 나와 사느라 당신도 고생 많았어요. 고마워요. 나 민지 갑니다. 내 장례는 애들에게 잘 말해 두었으니, 애들이 하는 대로 따라 주세요.

2023년 7월 23일

옥순이의 화려한 외출

내게 온 천사들 이야기

첫째 현주는 마음씨가 착하고 늘 동생들을 잘 챙겨주었다. 28세에 결혼을 했다. 사위는 7살 위이며, 키가 작고 얼굴은 동글한 편이다. 직업은 이랜드 회사의 패턴사였다. 첫인상이 침착하고 착해보였다. 현주는 나를 닮아 키가 170센티다. 12월에 선을 보고 5월 5일에 결혼을 했다. 현주 자신을 닮은 첫 아들을 낳았고, 둘째는 아범을 닮은 딸을 낳았다.

손자는 철도대학을 졸업하기 전 지하철 기관사가 되었고, 딸은 의상과를 나와서 아범과 같은 의류업계의 패션 디자이너 겸 패턴사가 되었다. 감사한 일이다.

큰사위는 퇴직 직전에 미얀마에서 3년을 근무하고 돌아왔다. 귀국을 한 후에 쉬고 싶었을 텐데, 지금까지 쉬지 않고 열심히 일을 하고 있다. 노는 것이 일하는 것보다 덜 재미있나 보다.

둘째인 아들 선우는 좋은 여자를 만나 1남 1녀를 두었다. 선우는 제대로 된 회사 생활을 하지 못하고 직업을 자주 바꿨다. 이것저것 하다가 그만두는 게 부지기수였다. 그러더니 끝내는 이혼이라는 아픈 상처를 안고 헤어졌다. 다행히 아이들은 잘 성장해 각자의 자리에서 사회생활을 하고 있다. 인생을 늦게 깨달았고 지금은 열심히 살고 있다.

어느 자식인들 마음에 안 걸릴까마는 유독 둘째를 생각하면 마음이 짠하다. 건강하기만을 기도할 뿐이다. 둘째는 내겐 아픈 손가락

옥순이의 화려한 외출

이다.

셋째인 딸 현숙은 동네에서 연애를 해서 결혼했다. 이 아이도 1남 1녀를 두었다. 손녀딸은 좋은 회사에 우수한 점수로 합격해서 다니고 있다. 현재는 직장생활 5년 차이다. 그 아래 손자는 경북대학교 패션디자인학과를 졸업하고, 지금은 서울에서 패션디자이너로 활동하고 있다. 일이 바쁜지 전화도 한 통 안 한다.

막내인 아들은 어려서부터 심성이 유독 착했다. 내 기억으론 말썽 한 번 안 피웠고, 수월하게 잘 커 주었다. 큰누나를 잘 따라 심부름도 잘하고, 남매들끼리 싸우지도 않고 잘 어울려 놀았던 것 같다. 상고를 졸업하고 나서 객지 생활을 몇 년 하고 집으로 돌아왔다. 면 소재지인 우리 지역에 언제부터인가 개발이 시작되어 공단이 조성되고, 1992년도에 이름 있는 큰 회사들이 산업단지에 들어왔다. 같은 회사 동료의 소개로 참한 아가씨를 만나서 결혼을 했다.

막내며느리는 심성도 착하고 얼굴도 예쁘고 음식 솜씨도 좋으며 검소한 데다, 살림까지 야무지게 잘한다. 막내며느리니 어딘들 미운 데가 있을까. 그도 아들 둘을 낳아 잘 키웠다. 그 손주들은 어렸을 때 몇 년을 함께 생활해서 정이 더 깊다. 막내손주 놈은 유난히도 재롱이 많았다. 큰손주 놈은 차분한 성격이다. 어려서부터 공부를 열심히 했고, 인하대학교 신소재공학과를 졸업했다. 졸업 전에 LG에 시험을 보고 기도하더니, 당당하게 합격을 했다.

그 아이는 어려서부터 제 엄마를 따라 교회에 다니더니, 요즘엔 교회에서 기타를 치며 찬양 인도를 한다. 즐거운 마음으로 기도하고 봉사를 하더니, 이번 시험은 주님이 하셨다며 기뻐한다. 제 능력으론 힘든 일이었다며 주님께 감사와 영광을 돌렸다. 2023년 1월 2일부터 대전 대덕연구소로 첫 출근을 했다. 회사 생활도 잘하리라 믿어 의심치 않는다.

옥순이의 화려한 외출

둘째 사위 손종철

결혼하고 바로 금융회사에 다녔지? 내가 자네보다 자네 부모님을 먼저 알았어. 내가 보기엔 아버지는 호인이시고, 어머니는 헌신적인 한국 여인상이었네. 그 댁 셋째 아들이니, 별로 흠잡을 데는 없다고 생각했지.

자네는 결이 참 순한 사람이지. 사람이 때론 좀 모질고 야무진 데가 있어야 하는데, 그 두 가지가 없는 것이 흠이었어. 고생 모르고 부모님과 형들 밑에서 자랐으니, 세상이 험하다는 것을 몰랐겠지. 직장에서 대출 담당을 하고 또 직장생활을 고향에서 하다 보니, 친구를 좋아하는 자네는 날이면 날마다 밤이면 밤마다 술과 친구를 더 좋아했던 것 같아. 물론 손 서방도 몸과 마음이 힘들었겠지. 살아보니, 마음만 좋다고 능사는 아니더군. 현숙이가 오랜 기간 졸라대고 세상일에 지칠 즈음에야, 자네는 주님 앞에 나오게 되었지.

교회 설교를 듣고 홧김(?)에 확 담배를 끊어버린 골초 손 서방. 그것만도 감지덕지인데 애주가가 술까지 끊었으니. 이는 우리의 기도 응답이고, 모두가 하나님의 은혜라고 생각하네. 주님의 능력은 참으로 대단하시지 않은가.

마음 여리고 눈물도 많은 사람. 현숙이와 우리 가족은 자네 건강을 놓고 늘 기도한다네. 다시는 병원생활을 하는 일 없게 건강하길 바라네. 그리고 우리 현숙이를 잘 부탁하네.

주님! 우리 손 집사에게 건강을 허락하여 주옵소서. 주님 아시죠?

손 집사의 기도 들으시고 응답하여 주옵소서. 무엇보다 총명한 예지와 든든한 단열이를 그 가정에 보내주셔서 감사합니다. 주 안에서 그 가정에 늘 평안함을 덧입혀 주옵소서. 예수님의 이름으로 기도합니다.

2021년 3월 8일

옥순이의 화려한 외출

둘째 딸 김현숙

너희들은 어렸을 때 잘 보살펴 주지도 못했는데, 건강하게 잘 커 줘서 감사하구나. 현숙이 넌 어렸을 때, 샘도 많고 울기도 잘 했지. 삐치기도 잘 하고 예쁜 짓도 많이 했단다. 도랑에서 내가 빨래하는 동안, 넌 옆에 와서 재잘거리다 물이 튀었다고 발을 동동 구르며 울었다.

그러던 네가 어느새 학교를 졸업하고 집 앞 어린이집에서 아이들을 돌보는 보육교사를 했지. 정확히 몇 년을 근무했는지는 잘 모르겠구나. 그런 네가 어느 날 손종철과 결혼하겠다고 인사를 왔다.

옛날 말에 사돈과 화장실은 멀리 있어야 좋다는 말이 있었다. 나도 처음엔 부모끼리 잘 아는 이웃사돈을 맺고 싶진 않았어. 그런데 네가 하겠다고 하니 울며 겨자 먹기로 허락을 했단다. 결혼을 하고 한동안 부모님 모시고 살면서 어려운 일도 있었겠지만, 너는 한 번도 힘들다는 얘기를 안 했지.

아마도 힘들다고 얘기하면, 이 엄마가 맘 아플까 봐 그랬던 거겠지. 손 서방이 아파트 사 놓은 것도 있다면서 너희 부부는 회안리에다 조립식 집을 짓고 이사를 했었다. 얼마 안 가서 불편하다고 다시 광혜원으로 나왔지. 아이들이 커서 학교에 다니게 되니, 너도 컴퓨터를 배워서 용소에 있는 농공단지 관리사무실에서 일을 하게 되었어. 그리고 여가 시간엔 성경 통독도 하고 암송도 했지.

연말에 교회에서 성경 암송대회를 하는데, 성구를 100여 절이나 암송하는 널 보고 난 정말 놀랐단다. 어떻게 하면 저렇게 할 수 있을까 감탄했지.

넌 정말 멋지고 대단한 능력을 가진 여자야. 그걸 늘 잊지 않고 지냈으면 좋겠다.

아픈 손가락 김선우

선우가 네가 첫 돌도 안 됐을 때 트위스트 춤이 한창 유행했다. 걷지도 못 하는 아이가 앉아서 랄랄라 노랫소리가 나오면, 몸을 자연스럽게 흔들어대는 거야. 그로 인해 넌 동네에서 인기가 좋았다. 심지어 앞집 할머니가 돌아가셨는데, 아이를 앉혀 놓고 랄랄라를 부르며 웃고들 계셨다. 내 새끼라서 더 그랬겠지만, 동그란 눈망울에 번듯한 얼굴이 무척 예쁘고 사랑스러웠다.

너는 크면서 개구쟁이가 되었다. 옷도 늘 더럽혀 오고, 동생과 누나한테도 말썽을 자주 부렸어. 중학교를 졸업하고 고등학교는 안성으로 갔다. 대학은 안 가고 연예인이 되겠다고 하더니, 결국 그 길을 접고 한국디젤회사에 입사했다. 그런데 얼마 못 다니고 빚만 지고 나와 엄마에게 갚아 달라고 했지.

안성에 방을 얻어 놓았다고 해서 가보니, 기가 막혀 말이 안 나오더라. 비싼 파란들 가구에 오디오, 침대, TV 등 한 살림을 차려놨었지. 어쩌겠니. 자식이니 청산해 주었지. 그 후 자동차 매매센터에 다니겠다고 하더니, 참한 아가씨를 데리고 왔다. 결혼과 함께 진천 상산타운에 신혼살림을 차렸다. 예쁜 딸과 아들 하나를 낳았지.

그 후 넌 미용을 배우겠다고 청주로 다녔다. 그것도 그만두고 광혜원으로 와서 노래방을 했다. 얼마 후 건강식품을 판매하는 피라미드 업체에 빠져 넌 신용 불량자가 되었다. 그 일로 인해 부부 관계가 틀어져서 결국 이혼을 하게 되었지. 피차 간 상처를 입었을 거야.

며느리를 생각하면 한없이 미안하고 가슴이 아프구나. 얼마나 마음고생이 많았을까. 그래서 '참고 살아 주면 안 되겠니'라는 말을 차마 할 수 없었다. 아이들은 다 성장해서, 각자 직장 생활을 하니 그나마 다행으로 여긴다.

3년 전부터는 친구의 소개로 평택에서 25톤 화물차를 운전하고 있다. 숙식을 제공해줘서 다행이다. 올해 3월이면 신용 불량자를 면한다니, 마음이 놓이는구나. 너도 표현은 안 하지만 마음고생이 많았을 것이다. 귀가 팔랑귀라 남의 말을 잘 믿고 끈덕지질 못한 게 너의 약한 면이다. 마음도 여린 놈이 남은 삶은 어찌 살 건지.

너도 이젠 56세가 되고 있다. 노후를 생각하며 준비해야 한다. 아마 이 어미가 죽으면 네가 제일 많이 울지 않을까. 내 속을 오랜 시간 가장 많이 태웠으니까,

마음 굳게 먹고 건강 챙기고 부끄럽지 않게 살아 주길 늘 기도하고 있다. 아들, 사랑한다.

2021년 2월 16일 밤 11시에

옥순이의 화려한 외출

믿음직한 패션디자이너 손단열

　외손자 단열이, 성경에 나오는 다니엘의 준말로 단열이란 이름을 지었지. 남자아이라서 그런지, 듬직하면서도 뭔가 마음에 들지 않으면 넌 금세 골도 부렸단다. 그런가 하면 재롱도 많이 보여줬지.

　예전에 드라마에서 나문희 씨가 '돌리고 돌리고~', '6.25 때 난리는 난리도 아녀'라고 하던 말을 단열이 너는 곧잘 따라 해서 식구들을 웃게 했다.

　단열이 넌 요리하기를 좋아하는 너의 아버지(둘째 사위 손 서방)를 보면서 자라서인지, 언제부턴가 요리하는 법을 자세히 가르쳐 달라고 조르며 따라 하곤 했단다. 너의 아버지가 왜 음식을 배우려고 하느냐고 물었더니, '나중에 나도 우리 애들 해주려고' 배우고 싶다고 했지.

　단열이 넌 경북대학교를 다니면서 4년 동안 자취를 했다. 아마도 음식을 나보다 더 잘하지 않을까? 취업 전 잠시 집에 와 있을 때면, 부모님 퇴근시간에 맞추어 맛있는 음식을 해놓고 기다렸단다. 너희 엄마 말을 들어보니, 너의 가족 중에서 단열이 네가 지금은 요리를 가장 잘한다고 하더구나. 네 아빠의 요리 실력을 어느새 뛰어넘었다고.

　너는 지금 서울에서 자취하며 회사에 다닌다지. 패션디자이너로 활동하면서 디자인은 물론 패턴 캐드 작업, 재단, 가봉, 포트폴리오 작업까지 모든 공정을 일사천리로 해내고 있다. 패션에 대한 너의 열정이 대단한 것 같아, 이 할머니는 기쁘구나. 한데 얼마나 바쁘면 이 할미한테 전화 한 번 안 할까.

　가끔 한 번씩 네 목소리 들려주면 좋겠구나. 단열아, 너의 꿈을 마음껏 펼치거라. 계속 성장해 나가길, 부디 큰 사람이 되길, 이 할머니가 기도한다.

2023년 외할머니가

옥순이의 화려한 외출

외손녀 손예지

　다섯 살 때 심장에 작은 구멍이 났다고 해서 너는 서울대학교 병원에서 심장수술을 하고 왔다. 그 후 별 탈 없이 잘 커 줘서 고마웠지. 예지 넌 대학 수능시험 3개월 정도 남았을 무렵, 기도하던 중 주님의 음성을 들었다며 상명대 중국어과에 간다고 엄마한테 상명대가 정말 있느냐고 물었다고 했다.

　부모들은 만류와 걱정을 했지만, 굽히지 않고 마침내 상명대 시험을 봤다. 차석으로 입학해서 장학금을 받으며 학교를 다녔다. 학교를 다니는 과정에선 중국어에 대한 흥미가 별로 없었던 것으로 보였다. 어찌 됐든 너는 4년 공부를 마치고 중국어 학원에서 중국어 강사로 일을 했다.

　그러던 중 친구의 소개로 덕산 혁신도시에 있는 IT회사 정보통신산업진흥원(NIPA)이라는 공공기관에 들어갔다. 일하면서 이 회사에 정규직 직원이 되어야겠다는 생각을 하고, 틈틈이 공부를 했다. 1년쯤 근무했을 때, 신입사원 채용시험에 응시했다. 하지만 시험에서 떨어졌다. 다음 해인 금년에 10월 신입사원 채용에 다시 응시했다. 17명을 채용하는데 1,200명 정도가 응시했댔지.

　예지 너는 당당히 1차, 2차, 3차까지 무난히 합격을 했다. 뿐만 아니라, 우수한 성적으로 합격했다는 소식을 전해 들었다. 예지 네가 너무도 대견하고 감사했다. 주님의 은혜가 아니면 상상도 못 할 일이다. 이번에서야 중국어를 왜 배우라고 주님은 말씀하셨는지 깨달았다고 했다.

이 회사에 입사하게 하시려고 주님께선 대학시험 전부터 예지 너를 준비하게 하신 것이다. 너도 하나님의 은혜라고 고백을 했지. 사실 너희 부모는 물론 너를 아는 모든 분들이 합심해서 기도했단다. 그리고 11월 5일엔 임대 아파트도 분양받게 되었다고 또 한 번 기쁜 소식을 전해주었어. 2년 동안 3천만 원 정도의 돈을 모았고, 퇴직금도 6백만 원 될 거라고.

작은 체구인 데다 인생을 오래 산 것도 아닌데, 어찌 그리 야무지게 너의 인생을 잘 개척해 가는지, 이 할미는 그저 네가 기특하고 고맙기 그지없구나. 오늘도 나는 널 위해 이렇게 기도한단다.

"성령님의 은혜로 좋은 회사에 입사했으니, 예지를 통하여 하나님 영광 받으시옵소서. 앞으로도 이 딸의 나아갈 길을 친히 인도해 주소서. 하나님 감사합니다. 예수님의 이름으로 기도합니다. 아멘!"

듬직한 김범수

범수야! 늘 불러도 기분 좋은 이름, 내 손주 김범수.

너를 처음 만난 건 진천산부인과에서란다. 너의 어머니의 힘든 산고 끝에 태어난, 작지만 동그란 네 얼굴이 신기했어. 너의 아버지나 큰아버지 그리고 고모들과는 다른 느낌이었어. 아장아장 걷기 시작한 네 손을 잡고 노래방에 일하러 나갔지. 의자에 앉아 있으라고 하고 동요를 틀어주면, 머리가 옆으로 끄덕끄덕 하며 졸기도 했단다.

거리에 다니면서도 간판을 읽어주면 또박또박 따라서 말했지. 넌 그렇게 한글을 알아가기 시작했단다. 어느 날 TV를 보는데 옆으로 흘겨보는 것 같은 눈으로 쳐다봐서 '범수야, 똑바로 봐야지'라고 했어. 넌 아무런 대답이 없었지. 그 후 네 어머니가 병원에 데려가 보니, 안경을 써야 한다고 했어. 동그란 얼굴에 동그란 안경을 쓴 네 모습은 무척이나 귀여웠단다.

별 탈 없이 잘 커 줘서 고맙구나. 시간은 흘러 대학생이 되고, 공익근무도 잘 마치고 다시 복학하게 됐으니, 감사하구나. 범수야, 황금 같은 이 기회를 놓치지 말고 금보다 더 귀하게 사용해서 훗날 후회 없이 살아가렴. 기회는 늘 오는 게 아니야. 그 시간은 되돌아올 수 없단다.

어느덧 멋진 청년이 되어 성가대에서 기타를 치며 찬양하는 너의 모습이야말로 정말 자랑스럽고 칭찬해주고 싶구나. 네가 찬양을 인도할 때 중간에나 끝날 때 통성기도 할 때면, 내 심장이 뜨거워지면서 기쁨과 감사의 눈물이 흐른단다.

3월부터는 네 생활이 더 바빠진다고 했지? 항상 건강 잘 챙기고 열심히 공부해서 훌륭한 사회인이 되길 바란다. 김범수 파이팅!

2021년 3월 16일

옥순이의 화려한 외출

아들 같은 사위 송영수

1993년 5월 5일 한 청년이 우리 가족으로 왔다. 나의 친구 김을정의 소개로 딸 김현주의 남편이 된 그 이름 송영수.

작은 키에 선한 기운이 얼굴에 가득한 송영수는 내 딸과 결혼하여 그 이듬해 맏아들 지성이를 낳았다. 2년 뒤 둘째 예은이가 태어났다. 착실한 기독교 신자인 그는 오로지 회사와 집, 주일에는 교회밖에 모른다. 가정적이고 모범적인 남편이며, 두 아이의 아버지다. 세월이 흘러 정년퇴직을 얼마 앞두고 다른 회사에 스카웃되어, 현재 미얀마에서 생활하고 있다.

처음 미얀마에 갔을 땐 6개월 후 휴가를 나왔는데, 그다음은 코로나로 인해 1년 반 만에 집에 왔다. 4개월 후 다시 미얀마로 일하러 갔다. 사위가 4개월 이곳에 있을 때 내가 차 사고를 냈다. 내 차를 폐차해야 했다. 사위는 나의 불편함을 알고 중고차를 때 맞춰 사서 내게 주었다. 올해 5월 10일에 사고가 났고, 7월 10일에 차를 가지고 왔다. 두 달 동안 불편함이 이루 말할 수 없었는데, 얼마나 고맙던지.

첫 시승하던 날 엑셀에 발을 올려만 놓은 것 같은데 차가 아주 잘 나갔다. 지난번 차는 모닝인데, 이번 차는 스포티지다. 차가 왔다는 말에 어찌나 반갑던지, 휴대전화도 안 챙기고 나오는 바람에 식당에서 점심을 먹고는 차를 사준 송영수에게 점심값까지 계산하게 했다.

그뿐만 아니라, 처제 아들 단열이가 졸업하고 취업 자리를 알아

보고 있을 때, 처조카를 회사에 취직시켜 주었다. 4개월 이곳에 있는 동안에 정말 큰일을 했다. 지난 사고 때 퇴원하고 주일에 교회에서 기도 중에 나도 모르게 그런 기도를 했다. "하나님, 모닝보다 더 좋은 차로 주세요."

주님은 내 기도를 들으시고 송영수를 통해 내게로 좋은 차를 보내주셨다. "어느 곳에 있든지 주님 늘 함께해주시고 건강 주시고 능력 주옵소서. 아멘!" 이렇게 기도한다.

2021년 7월 12일에 박옥순

옥순이의 화려한 외출

막내며느리 임경선

경선아, 너에게 이렇게 편지를 쓰게 되어 기쁘구나. 너를 처음 만났을 때 모나지도 않고 편안한 인상이어서, 내 마음도 평안했었다.

결혼하고 신혼여행을 다녀온 후 진홍이가 "엄마, 이 사람 임신했다"고 했을 때, 반갑기도 하고 순진해 보이는 너희들이 당돌한 것 같아서 놀랍기도 하고 용감하게도 여겨졌다. 얼마 후 달덩이 같은 범수가 태어났는데, 내게는 정말로 큰 선물이었다.

언젠가 아버지와 내가 불편한 적이 있었는데, 네가 나의 마음을 다독거려 주었지. 한편으론 고맙기도 하고, 부끄러웠단다. 너희 부부 덕분에 둘째 태율이까지 우리에게 왔지. 아이 둘을 데리고 청주에서 밤이면 방에 두 아이를 놀게 하고, 너는 아르바이트를 다니느라, 힘든 생활을 했지. 그때 맘고생, 몸 고생을 심하게 한 걸 생각하면, 지금도 네게 미안한 마음이란다.

그 후 너희 부부는 오창에서 생활하다 다시 광혜원으로 와서 둥지를 틀었다. 네가 운이 좋아서 한국야금이라는 좋은 회사에 취직을 했어. 그 회사에 주부가 총무과 직원으로 뽑힌 것은 처음이라고 했었던 것 같다. 열심히 근무해서 이제 10여 년이 된 것 같구나. 언젠가는 내 생일에 돈 케이크도 선물로 주고, 형형색색의 맛있는 반찬으로 생일상을 차려준 건 내 생애에 잊지 못할 추억이다.

범수와 태율이는 한 배 속에서 나왔는데도, 개성이 아주 다르지. 범수는 얌전하고 바른생활 스타일이고, 태율이는 개방적이고 샘도 많고, 어려서부터 개구쟁이였어. 그 일로 너 맘고생한 거 알고 있다. 하나님이 보시기에 태율이로 인해 좀 더 기도하고 겸손해지라고 연을 맺어 주신 것 같다.

또한 진홍이가 네 마음에 안 들게 수염 기르는 것도 불편하고 밉겠지만, 아범이 가진 좋은 점이 더 많으니, 함께하는 동안 잘 지내보자. 일요일이면 잠시라도 진홍이 건강을 생각해 몇 시간이라도 산에 함께 가는 것 보기 좋구나.

내 속마음 다 표현 못 하지만, 네가 우리 가족으로 와 줘서 정말 기쁘고 감사하구나. 모두가 건강하고 너의 기도가 응답받기를 기도하마. 경선아, 사랑한다.

2021년 3월 20일

옥순이의 화려한 외출

막내아들 김진홍

나에게 4번째로 온 천사다.

지금은 이렇게 말하지만, 예전엔 아무것도 모르고 살아왔다. 큰 문제 없이 잘 커 주었다. 자기 앞가림도 잘 하고, 좋은 상대를 만나 결혼도 잘 했다. 진홍이는 가까운 2월에 사는 경선이를 만나 결혼 했다. 처제 되는 사람이 소개를 해 주었다. 비락우유라는 회사에서 함께 일하면서 형부 감으로 점찍었다고 들었다.

다행히도 경선이도 진홍이를 보고 호감을 가졌나 보다. 경선이 는 알뜰하고 음식 솜씨도 참 좋다. 아들 둘 낳아 잘 키웠다. 청주에 서 그리고 오창에서 생활을 하다가 광혜원에 돌아와서 자리를 잡았 다. 지금은 SK텔레콤 대리점을 10년 넘게 운영하고 있다.

진홍이는 무얼 해도 열심히 잘한다. 경제관념이 제로인 형을 두 어 금전적으로나 정신적으로 마음고생을 많이 했다. 피를 나눈 형 제이다 보니, 모진 말도 못하고 혼자 삭이고 넘어가곤 했다.

진홍이네 가게는 나에게 유일한 안식처요, 마실 방이 되었다. 하 루 한 번 정도 들르는 곳이다. 손님이 없으면 커피 한 잔씩 하며 세 상 돌아가는 이야기도 한다. 진홍이가 가까이 있어 얼마나 든든한 지, 내게는 큰 버팀목이다.

오늘도 반성해 본다. 코로나가 종식되어 마음 놓고 예전처럼 생 활하길 기도한다. 부디 진홍, 경선, 범수, 태율 너희 가족 모두가 건 강하고, 하나님의 영광을 드러내는 복된 가정이 되길 기도한다.

2021년 2월 26일

막둥이 손자 김태율

김태율 하면 제일 먼저 생각나는 게 손가락 빠는 모습이다.

어려서 손가락을 너무 빨아서 엄지손가락이 빨갛게 되고 허물이 벗겨져 피가 나올 정도였다. 몰래 이불 속에서 손가락 빨다가 잠들기 일쑤였다. 태율아, 너는 성격이 밝고 흥도 많았다. 형 태권도 하는 데 가서 보고는 집에 와 형 태권도 옷을 입고 쿵따리 샤바라를 부르며 멋지게 춤을 추었다. 그런 널 보면서 가족들은 웃음바다를 이뤘다.

너는 커 가면서 좀 엉뚱한 데도 있었어. 좀 튀고 싶었나 봐. 갈수록 개구쟁이가 되었지. 그 바람에 네 엄마가 마음고생을 많이 했단다.

넌 정도 많은 녀석이야. 어느 날 갑자기 청주에서 미용을 배운다고 하더니, 어느 날엔 모델이 되겠다고 서울로 올라가더니, 또 해병대를 지원해서 간다고 인사를 왔지. 뭐 먹고 싶냐고 했더니, 넌 겨우 돼지고기 넣은 김치전을 해 달라 했지. 두 쪽 반을 먹고는 잘 먹었다고 하더군. 개구쟁이여서 네 엄마 속 썩이는 걸 보면 밉다가도, 얼굴 보면 그때뿐이야.

태율아! 더 이상 방황하지 말고 너만이 할 수 있는 기술을 배워서, 나이 먹어서도 퇴직 걱정 없이 자기 사업을 하며 멋지게 살아가렴. 넌 영리해서 마음만 먹으면 할 수 있어. 생각을 살짝 바꾸면 되는 거야. 끈기와 노력만 있으면 할 수 있어. 명인·장인들도 처음부

옥순이의 화려한 외출

터 된 게 아니야. 참고 견디어온 열매인 거지. 아르바이트로 하루하루 보내지 말고, 명인이나 장인 밑에 들어가서 한번 해봐. 넌 영리해서 어느 단계만 참아 넘기면, 뭔가가 네 눈에 보일 거야.

  넌 할 수 있어. 이 할머니가 언제까지 널 보고 있을지 모르지만, 널 믿어. 김태율! 남들이 모르는 너만의 패기와 용기가 넘치는 날을 기대한다.

2021년 3월 20일

소정아, 산아, 보고 싶다

　소정아, 산아, 보고 싶구나. 어디에서 무엇을 하든 잘할 거라 믿어 의심치 않는다. 너희들의 마음에 상처가 있어서 할머니 집에 안 오는 것, 이해는 한다. 하지만 너희들이 보고 싶은 마음은 막을 길이 없구나.

　할아버지도 다른 손자·손녀가 오면 반가워하면서도, 소정이와 산이 너희 남매를 더 보고 싶어 하신다. 이놈들은 언제 올 거냐고 혼잣말로 중얼거리신단다.

　지금쯤 얼마만큼 자라고 성인 모습으로 변해 있을까. 할아버지, 할머니 집에 오면 안 되겠니? 할아버지 연세가 84세, 할머니가 79세, 언제까지 너희를 기다려야 할까. 나이 먹으면 짚불 꺼지듯 한다고 옛 어른들은 말씀하더구나. 우리 두 늙은이, 살아서 너희들 보길 기도한다.

　너희들 어렸을 때와 좀 성장해서 찍은 사진을 보며 마음을 달래본다. 북한과 남한도 아니고, 같은 하늘 아래 살면서 못 보고 산다는 것, 참 가슴 아픈 일이구나. 너희를 많이 사랑한다. 그립다, 소정아! 산아!

2023년 7월 10일

　　　　　　　　　　　옥순이의 화려한 외출

첫 외손자 송지성

1994년 2월 3일이 생일인 송지성. 너는 우리 집의 첫 손자로 온, 너무나 반갑고 소중한 선물이었다.

너희 엄마(현주)는 2월 5일에 서울 경희의료원에서 우리 집으로 산후조리를 하러 왔다. 너는 무럭무럭 잘 자랐다. 청소기 몸통에 앉아 자동차라고 하며 발로 밀며 다니던 지성이 넌 철도대학 졸업 전부터 지하철 기관사로 취업을 했다. 키도 아빠보다 훨씬 더 컸다. 너희 아버지, 옆에 널 세우면 얼마나 든든할까. 취업하고 명절에는 할아버지와 이 할미에게 용돈도 넉넉히 준 손자다.

지난번 할머니가 차 사고 났을 땐, 네가 할머니 잘못이 아니라고 말해줘서 고마웠단다. 차 오른쪽 앞뒤 바퀴가 펑크가 났기 때문이었다. 너는 광혜원에 오면 가성비 좋은 족발과 매운 닭발, 쌀로 만든 마늘빵을 좋아했지.

이번 김장 때 오면 좋아하는 것 많이 사주마. 4남매 중 첫 손자 송지성. 네가 우리 가족으로 와 줘서 고맙고 감사하구나.

늘 건강하고 네가 하고자 하는 일 이루면서 대한의 남아로, 한 가정의 남편으로 두루 책임을 다하는 멋진 모습을 기대하마. 부모님께 효도도 하고 멋지게 살아가렴. 널 많이 사랑하는 외할머니가~

2021년 11월 1일에

현주 딸 송예은

무슨 일을 하든지 하나님께 아뢰며 기도하는 부모를 둔 아이. 예은이는 전문대학을 졸업 후 직장에 다녔다. 그러던 예은이가 다시 편입해서 학교를 다녔다. 직장생활을 해 보더니, 더 공부를 해야 한다는 필요성을 절실히 느꼈나 보다. 다시 공부를 시작하더니, 중·고등학교 때 못해봤던 학과 1등도 했단다.

지난해에는 학교도 못 가고 비대면 수업으로 힘든 한 해를 보냈다. 신축년 졸업인데 이젠 직장이 문제다. 어느 날 공고에 보니, 시에서 운영하는 3개월 실습 과정에서 공부할 수 있는 기회를 얻기가 어렵게 되었다. 그곳에서 3개월 수업이 끝났다. 얼마 후 그곳에서 함께 공부한 친구는 모 회사에 수습사원으로 취업이 되었다는 소식을 듣고, 예은이가 밤새 울었단다.

현주는 딸에게 "예은아, 하나님이 너에겐 더 좋은 것을 주실 거야. 기다려 보자." 하고 달래 주었단다. 얼마 후 시에서 운영하던 곳을 통해 해외 영업사원을 뽑는다는 정보를 접하고, 아이는 열심히 영어 공부를 해서 면접을 보러 갔다.

면접 날 면접관은 해외 영업에 대한 말은 없고 패턴에 대한 질문만 하더란다. 예은이는 어안이 벙벙해 집에 가서 생각해 보고 연락을 하겠다고 말하고 왔다. 그리고 패턴 일을 하는 아버지와 상의했다. 네 아버지의 권유로 패턴 일을 승낙했다. 무엇보다도 그 회사 대표는 패턴 쪽 일을 원하고 있었던 것이다. 여기까지 오는 데 예은

옥순이의 화려한 외출

이는 많은 우여곡절을 겪었다.

　요즘엔 미얀마에 있는 아버지와 저녁이 되면 인터넷으로 패턴에 대한 대화를 나눈다고 한다. 우리의 생각과는 달리, 하나님이 계획하신 큰 그림이 있을 것이다. 앞으로 우리 예은이를 어떻게 사용하실지, 사뭇 기대가 된다.

　"주님, 감사합니다. 이 딸이 어느 곳에 있든지, 빛과 소금 되는 삶을 살게 하옵소서. 아멘."

2021년 1월 6일 밤에

큰딸에게

현주야, 네가 일찍 내게 와서 너의 아버지와 연이 되었구나. 없는 집안의 맏딸로 태어나 우리 다음으로 가장 아닌 가장 역할 하느라, 참 고생이 많았다. 동생들 챙기며 이것저것 안 해 본 게 없었지. 너에게 큰 짐을 안겨줘서 참 미안하구나.

다행히 착한 영수 만나 귀한 지성, 예은이를 선물로 받아 우리 집안이 화기애애했지. 항상 엄마, 아버지 챙겨 줘서 고맙다. 지금처럼 가족 모두가 건강하고 행복하기를 바란다.

내가 이 세상을 떠나면 육신은 화장해서 한 줌 가루는 자연에 뿌려주렴. 네 아버지를 측은히 여겨주렴. 전화도 자주 해주길 부탁하마.

큰아들 같은 송영수, 우리 가족으로 와서 고맙고 감사하다. 현주야, 엄마 딸로 와 줘서 고맙고 감사했단다. 사랑하고 축복한다.

2023년 7월 23일

옥순이의 화려한 외출

큰아들에게

선우야, 네 이름만 불러도 왜 이리 목이 메는지….

널 생각할 때마다 일찍이 너를 바른길로 이끌어주지 못한 이 어미의 잘못이 큰 것만 같아 자책하게 되는구나. 미안하다. 너를 잡아주지 못해서.

너의 전처 승은이한테 좀 잘하지 그랬어. 난 승은이 원망 전혀 안한다. 다 내 자식이 잘못해서 그리 되었을 거라 생각한다. 제발 허황된 생각 버리고, 돌다리도 두들겨 보고 건너렴. 혼자일수록 건강 잘 챙기고, 기죽지 말고 잘 살아가거라.

엄마는 저 세상에서도 널 지켜보고 있을 것이다. 누나 말 잘 듣고 형제 간에 우애 있게 지내길 바란다. 비록 내 속을 썩이고 애간장을 태웠을지라도, 네가 내 아들이어서 행복했다. 선우야, 사랑한다. 아버지한테 전화라도 자주 해드리렴.

2023년 7월 23일

둘째 딸에게

　어려서부터 삐치기를 잘하는 엄마 딸 현숙아. 엄마가 자서전 쓰기 교실에 들어가는 바람에, 네가 고생이 많구나. 딱히 자랑할 일도 없는 생애를 그나마 손 글씨로 쓰다 보니, 가뜩이나 직장 일로 바쁜 너에게 큰 짐을 안겨줘서 미안하다. 내가 컴퓨터로 글 쓰는 걸 못하니, 어쩌겠니. 미안하고 고맙구나. 너와 현주, 경선이가 옆에 없었다면, 아마도 하지 못했을 거야.

　현숙아, 이번 일을 경험 삼아 훗날 너의 자서전도 도전해 보렴.

　예지와 단열이를 잘 키워줘서 참으로 장하다. 손 서방한테 좀 더 신경을 써주려무나. 나는 믿는다. 너만의 촘촘함과 성실함 그리고 지혜로 너는 앞으로도 훌륭한 엄마가 될 거라는 걸.

　엄마가 저세상에 가면, 가끔 아버지 집에 가 보거라. 형제 간에 우애 있게 지냈으면 좋겠다. 현숙아, 손 서방! 항상 고마웠다. 사랑한다.

2023년 7월 23일

　　　　　　　　　　　　　　　옥순이의 화려한 외출

막내아들 내외에게

아들 진홍아! 네가 가까이에 있어서 이 엄마는 늘 든든하고 고맙구나. 첫째도, 둘째도 건강이 제일이다. 건강해야 무엇이든 할 수 있단다. 범수와 태율이가 잘 커주니 참 고맙구나. 너의 아내 경선이한테 좀 더 잘 하렴. 네가 하고자 하는 꿈도 꼭 이루길 바라며 기도한단다. 나중에 바닷가에서 조개랑 낙지 잡으며 노후엔 네 꿈대로 꼭 멋지게 살아보렴.

나 없더라도 아버지 불쌍히 생각하고 가끔 들러서 살펴 드리렴. 엄마의 아들로 와줘서 참으로 고맙다. 김진홍, 사랑한다. 아주 많이.

며느리 경선이에게.

경선아, 우리 식구로 와줘서 고맙고 감사하구나. 나는 딸이 둘 있지만, 네가 내 며느리여서 참 좋았단다. 물론 지금은 더욱 깊이 너를 아끼고 사랑하지.

진홍이 너의 남편이니, 더 신경 써주고 보살펴 주렴. 널 믿는다. 너희 부부의 분깃인 범수와 태율이로 인해 더 많이 행복하길 빈다. 나는 저세상에서 편히 쉬련다. 너의 시아버지를 잘 부탁한다.

2023년 7월 23일

저자의 잊을 수 없는 순간들

중·고등학교 졸업식(2022년)

졸업식 날 하우들과 함께(2022년)

어느 해 가을 야유회에서

옥순이의 화려한 외출

나른한 여름 오후 커피 한 잔으로 힐링을

KBS '전국 만학도 100인 골든벨'에 출전, 우수한 성적을 거두어 어사화 감투를 받아 썼다

70이 지나 뒤늦게 인생의 봄을 맞고 있는 저자

저자의 잊을 수 없는 순간들

광혜원주민자치센터 서예 반에서   뒤늦게 들어간 학교에서 열공 중인 저자
주최한 서예전시회 오픈식에서

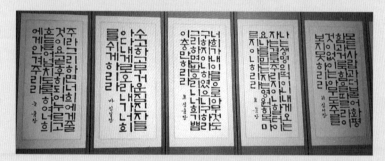

저자의 서예작품(주로 성경말씀을 즐겨 쓴다)

                                                         옥순이의 화려한 외출

KBS 골든벨 녹화 중에 함께해준 친구와 찰칵!

'전국 만학도 100인 골든벨'에 출전 중인 저자

저자의 잊을 수 없는 순간들

중·고교 검정고시에 합격, 증서와 함께 꽃다발을 받던 날

옥순이의 화려한 외출